Hans J. Kever

WIR

vom

Jahrgang

1930

Kindheit und Jugend

Wartberg Verlag

Impressum

Bildnachweis:

Archiv Hans J. Kever: S. 4, 6, 7, 9–12, 15–17, 23, 25, 26 l., 27–29, 31, 32, 35, 36 o., 3 –46, 48, 49 l., 56–58, 62, 63 r.; ullstein bild: S. 5, 18, 19, 22, 24, 63 l.; ullstein – Brumshagen: S. 30; ullstein – SV Bilderdienst: S. 34; ullstein – KPA: S. 47 o./u.; ullstein – dpa: S. 20, 53 l., 61; Georg Schmidt, Bremen: S. 33, 55; Hagen Kraak, Gütersloh: S. 21, 26 r.; Bahlsen-Archiv: 36 u.; Toni Stirtz, Darmstadt: S. 49 r.; Stadt Würzburg, CTW – Lichtbildstelle: S. 51; Archiv Eugen Sauter: S. 52; Institut für Stadtgeschichte, Frankfurt a. M. S. 53 r., 59 l.; Marianne Lichte, Dortmund: 59 r.; Stadtarchiv Düsseldorf: S. 60

**Wir danken allen Lizenzträgern für die freundliche Abdruckgenehmigung.
In Fällen, in denen es nicht gelang, Rechtsinhaber an Abbildungen zu ermitteln, bleiben Honoraransprüche gewahrt.**

8. Auflage 2010

Gestaltung und Satz: Ravenstein und Partner, Verden; Voßwinkel, Berlin
Druck: Druck- und Verlagshaus Thiele & Schwarz GmbH, Kassel
Buchbinderische Verarbeitung: Buchbinderei Büge, Celle

34281 Gudensberg-Gleichen • Im Wiesental 1
Telefon: 0 56 03/9 30 50 • www.wartberg-verlag.de
ISBN: 978-3-8313-1530-7

VOR-WORT

Liebe 30er!

Achtzehn Jahre unserer Zeitgeschichte haben wir gemeinsam hinter uns gebracht. Es ist viel passiert in diesen achtzehn Jahren. Eine Welt, die noch im vorigen Jahrhundert wurzelte, wurde durcheinander gewirbelt, auf den Kopf gestellt, und fand sich in der Mitte des 20sten Jahrhunderts unter absolut anderen Bedingungen wieder.

Niemand von uns konnte so recht begreifen, was eigentlich da mit uns geschah. Die Erwachsenen hatten Mühe, unsere kindlichen Fragen zu beantworten, meist speisten sie uns mit Ausreden ab. Wenn man versucht, die Jahre von 1930 bis 1948 zu schildern, ist es nicht einfach, eine Beschreibung der Zeit zu finden, die auf uns alle passt. Zu unterschiedlich waren die Schicksale, die dieser Jahrgang durchlebt hat. Die Großeltern, die Eltern, Geschwister und Verwandtschaft, Schule und schließlich Beruf sorgten bei jedem von uns für ein anderes Erlebnisbild. Trotzdem will ich versuchen, diesen kleinen Ausschnitt der Zeitgeschichte möglichst allgemeingültig zu schildern!

Vielen von uns war es vergönnt, diese 18 Jahre an einem Ort und in fast normalen Verhältnissen zu verbringen. Andere wiederum wurden aus ihrer gewohnten Umgebung gewaltsam vertrieben und samt Angehörigen in eine vollkommen fremde Umgebung verpflanzt. Darauf, dass wir eigentlich noch Kinder waren, nahm niemand Rücksicht! Mit irgendwelchen seelischen Schäden, mussten wir fast immer selber fertig werden. Unsere weitere Entwicklung hat aber zum Glück gezeigt, dass trotzdem die meisten von uns im Stande waren, sich in diesen neuen Zeitumständen zurecht zu finden und einen Platz in der Welt zu besetzen. Ich hoffe, es gelingt mir, ein allgemeines Bild der Ereignisse zu entwerfen.

Eigentlich sollte mein Freund Peter diesen Band schreiben, aber durch einen Unfall ist er verhindert. Ich bin nur wenige Monate jünger und weil wir viele Ereignisse zusammen erlebt haben, habe ich für ihn geschrieben und hoffe, die Schilderung gefällt Ihnen und auch ihm.

Hans J. Kever

Im Schoß der Familie

1930–1932

Das 1. bis 3. Lebensjahr

Wir erblicken das Licht der Welt

Das Jahr 1930 war für uns das Startjahr in eine sehr bewegte Zeit, die in ihrer Auswirkung auf das ganze Leben auch die damaligen Eltern nicht erkennen konnten.

Unsere Eltern hatten sehr schwere Zeiten hinter sich. Erst der große Krieg. Dann die Revolution. Dann die Inflation. Viele verloren ihre gesamten Vermögenswerte und dann oft auch noch ihre Arbeit. Da hatten wir dann grade noch gefehlt. Aber zum Glück wurden wir doch von Eltern und Geschwistern im Familienkreis begrüßt.

Wir hatten am Anfang unseres Lebens noch keine derartigen Kümmernisse. Wenn wir Hunger oder Durst verspürten, erhoben wir ein entsprechendes Geschrei, was auch fast immer zum Erfolg führte. Damals haben die Mütter uns noch mit einem festgelegten Zeitplan zur ersten Ordnung erzogen. Nach

Spaziergang in der Grünanlage

Chronik

1. Januar 1930
Mahatma Gandhi ruft auf dem allindischen Kongress in Lahore erfolgreich zum gewaltlosen Kampf gegen die britische Kolonialmacht auf.

23. Januar 1930
Mit Wilhelm Frick tritt erstmals ein Nationalsozialist in eine Regierung in Deutschland ein. Er wird Minister für Inneres und Volksbildung in Thüringen.

23. Februar 1930
Die Schülerzahl pro Volksschulklasse wird vom Berliner Magistrat von 34 auf 35 erhöht. Daraufhin können 387 Lehrkräfte in Berlin eingespart werden.

18. Mai 1930
Rund 800 Delegierte der „Heimwehr Österreichs" leisten in Korneuburg einen Eid auf ein faschistisches Programm zum Sturz der Demokratie.

20. Juni 1930
Reichsaußenminister Julius Curtius (DVP) dankt den USA in einer Rundfunkansprache für die Wiederaufbauhilfe für Deutschland nach dem Weltkrieg.

12. April 1931
Die deutschen Rennfahrer Rudolf Caracciola und Wilhelm Sebastian gewinnen das fünfte Auto-Langstreckenrennen „Mille Miglia" in Italien.

30. April 1931
Elly Beinhorn, 23-jährige deutsche Sportfliegerin, wird bei ihrer Rückkehr von ihrem abenteuerlichen Afrikaflug in Berlin begeistert gefeiert.

29. Oktober 1931
Per Dekret reduziert die spanische Regierung den Beamtenapparat in den Ministerien und in den davon abhängigen Behörden um die Hälfte.

23. April 1932
Die deutsche Schwerindustrie erhält von der Sowjetunion einen Auftrag zur Lieferung von 150 000 t Walzmaterial.

18. Oktober 1932
Bei Straßenkämpfen zwischen der Polizei und baskischen Nationalisten in der spanischen Stadt Bilbao kommen drei Menschen ums Leben.

bestimmten Wartestunden gab es Nahrung, hinterher frisch machen. Nach dem „Abendessen" gab es bis morgens sechs Uhr nichts mehr, da half auch kein Geschrei. Wir mussten uns halt an diesen Zeittakt gewöhnen.

Geschlafen wurde im Kinderbett, das schon die älteren Geschwister benutzt hatten. Im Kinderwagen wurden wir von unseren Müttern „an die Luft" gefahren, damit wir genug Sauerstoff bekamen. Dazu gab es in den Städten sehr schöne Anlagen, meist in der Nähe der Wohngebiete.

Box-Weltmeister Schmeling

12. Juni 1930: Der deutsche Boxer Max Schmeling gewinnt den Weltmeistertitel im Schwergewichtsboxen gegen den US-Amerikaner Jack Sharkey. Nach einem überlegenen Kampf des Amerikaners geht Schmeling in der vierten Runde nach einem Tiefschlag zu Boden. Sharkey wird disqualifiziert, Schmeling ist Weltmeister!

Auf dem Eisbärenfell – ein beliebtes Fotomotiv

Auf eigenen Füßen

Natürlich haben sich die Verwandten sehr für unsere Entwicklung interessiert. Bei den älteren Geschwistern war das eher unterschiedlich. Je nachdem, an welcher Stelle man in der Geschwisterschar rangierte, wurde man mit Eifersucht betrachtet, weil man ja plötzlich als neuer Mittelpunkt in der Kinderschar erschien. Die Mutter befasste sich mehr mit uns, als mit den älteren Geschwistern und je nach Veranlagung wurde das nicht immer ohne weiteres akzeptiert.

Unser Kinderbett stand in diesen ersten Jahren normalerweise im Elternschlafzimmer und so waren wir doch recht ungestört. Auch die Wickelkommode hatte dort ihren Platz. Nur zum Baden ging es in die Zinkwanne in der Küche.

Welch eine Freude für die ganze Familie, wenn man aus dem Krabbelstadium heraus im Laufställchen die ersten Schritte fertig bekam. Hier kamen die älteren Geschwister auf abgefeimte Hilfsmittel. Kaum hatte man ein paar Schrittchen entlang dem Laufgittergeländer gemacht, kam jemand auf die glorreiche Idee, uns einen Kleiderbügel in beide Händchen zu geben. Mit diesem scheinbaren Halt gestützt, liefen wir dann fröhlich los, und siehe da, es ging meistens ohne „Bruchlandung" aus.

Möhrenbrei und Brotkrusten

Unser nächstes Erfolgserlebnis war die Ernährungsumstellung von Brust oder Fläschchen auf feste Nahrung: Möhrenbrei, Spinatbrei, Griessüppchen und Ähnliches wurden nach und nach akzeptiert.

Dann ging aber ein ganz neues Elend los: Wir bekamen Zähne. Ein bisschen half es, auf allem möglichen herumzukauen, wobei Brotkrusten sehr beliebt waren. Es gab aber auch einen so genannten „Beißring", den man uns umhängte, sodass wir jederzeit darauf herumkauen konnten, um das Zahnen zu erleichtern.

Auch das ging zum Glück vorüber und beim Knabbern von Plätzchen oder Löffelbiskuit war man ja doch wieder ganz froh über die Zähnchen.

Was war doch das erste erfolgreiche „Töpfchen voll" für ein Erfolgserlebnis (auch für die geplagte Mama). Wie angenehm, nach und nach die nassen, widerlichen Windeln loszuwerden.

Die alte Wohnung

Wir erkunden unsere Umwelt

Allmählich konnten wir daran gehen, unsere Umwelt zu erkunden. In der Stadt war das oft eine der üblichen Großstadtwohnungen, je nach Finanzlage der Eltern, mehr oder weniger komfortabel.

Das erste Erlebnisfeld war ja meist die Küche, denn da stand unter Aufsicht der Mutter das Laufställchen. Hin und wieder wurde man dann herausgehoben, und los ging die Krabbelei. An Tischbeinen und Stühlen machten wir die ersten Stehversuche und landeten gewöhnlich beim Hinfallen auf dem gut gepolsterten Po. Viele Abenteuer wollten bestanden sein. Da gab es Fundstücke zu probieren, die nicht immer erfreulich schmeckten. Mal eine heruntergefallene Kartoffelschale, mal aus dem Kohlenkasten ein Bröckchen Kohle. Unsere Mütter waren zu Recht verblüfft, wenn sie merkten, worauf wir da manchmal mit Genuss herumkauten. Als Baby hat man eben einen speziellen Geschmack. Mit ein paar Monaten mehr lernten wir aber sehr schnell zu unterscheiden, was genießbar war und was nicht.

Zum Spielen war ja ein guter Bestand an Kleinkinder-Spielzeug von den älteren Geschwistern vorhanden, soweit man die hatte. Es ging los mit einem Ball, dann Spieltiere wie Teddybär und Stoffhase, dann kleine Holzklötzchen, die man herrlich aus dem Laufstall heraus in die Gegend pfeffern konnte. Nach und nach kamen wir dann dahinter, dass man schöne krumme Türme damit aufbauen kann, die man dann mit Erfolg umstößt.

Räumung des Rheinlandes

Am 30. Juni 1930 wird im ganzen Deutschen Reich der Abzug der französischen Besatzungstruppen aus dem Rheinland als Befreiung gefeiert. Nach einem Beschluss der Haager Konferenz musste das Deutsche Reich für die Freigabe der besetzten Gebiete hohe Reparationsleistungen gegenüber Frankreich erbringen.

Unsere Väter mussten pfiffig sein

Dieweil wir uns langsam ins Familienleben einfügten, hatten unsere Väter alle Hände voll zu tun, das Geld für den Erhalt der Familie aufzubringen. Etwas leichter wurde das, wenn schon ältere Geschwister in Arbeit und Lohn waren und sich an den Kosten beteiligten.

Es gab aber damals noch immer sehr viele Arbeitslose in Deutschland, und man musste als Familienvater schon sehr pfiffige Ideen entwickeln, um durchzukommen.

Ein kleines Beispiel: Der Vater von meinem Freund Peter, mal wieder arbeitslos, hatte zusammen mit einem Kollegen eine Witwe in einer alten Villa aufgetrieben, die dringend Leute suchte, die ihr den Keller entrümpelten. Der Keller entpuppte sich überwiegend als Weinkeller, und eine Reihe Fässer waren entlang der Längswände aufgestellt. Fachmännisch wurden sie abgeklopft und sie waren alle leer, bis auf eines, das offenbar halb voll war. Peters Vater zapfte eine Probe aus dem Spundloch in ein vorhandenes Glas. Ein offenbar uralter, süßer Madeirawein, aber noch ganz hervorragend im Geschmack. Die alte Dame erklärte auf die Frage, was man mit dem halbvollen Fass machen solle: „Alles entrümpeln und wegbringen, wie ich es ja nun schon öfter angeordnet habe."

Große Glasballons wurden beschafft; der alte Wein abgefüllt; die leeren Fässer zertrümmert und der ganze Keller ordentlich ausgeräumt und sauber geputzt. Jetzt besorgten unsere zwei Freunde neue, leere Weinflaschen, Korken, und aus einer Etikettendruckerei billige Etiketten mit dem Aufdruck: „Dessertwein". Aus einer Weinhandlung am Rhein wurden einige Ballonflaschen billiger, trockener Moselwein besorgt und dann wurde gepanscht. Der allzu süße Madeira wurde mit Hilfe des trockenen Moselrieslings zu einem angenehmen Dessertwein komponiert. Jeder zog mit ein paar Probeflaschen los zu den Wirten im Altstadtviertel von Köln. Der Preis war angemessen, und im Nu waren ein paar hundert Flaschen verkauft. Nach Abzug der Kosten, und mit dem Geld von der Kellerräumung kamen beide Familien wieder ein paar Monate über die Runden samt Frauen und Kindern.

Depression schwächt USA und Europa

Die Weltwirtschaftskrise, ausgelöst durch den Zusammenbruch der New Yorker Börse am 25. Oktober 1929, dem so genannten „Schwarzen Freitag", erreichte 1932 ihren Höhepunkt. Neben Europa litten besonders die USA unter der Depression. Viele Menschen in aller Welt verloren ihre Existenzgrundlage. Deutschland war mit einer Arbeitslosgkeit von 44% trauriger Spitzenreiter. In den USA wollte der neu gewählte Präsident Roosevelt mit der Politik des „New Deal" die Wirtschaftskrise bewältigen. Soziale und wirtschaftliche Reformen wurden mit bemerkenswerter Geschwindigkeit umgesetzt. Innerhalb von nur drei Monaten setzte Roosevelt eine große Zahl von Gesetzen zum Wiederaufbau der Wirtschaft um. Stellen wurden geschaffen. Farmern wurde wirtschaftliche Unterstützung gewährt. Beachtliche Steigerungen in Produktion und Preisen wurden erreicht, aber der „New Deal" beendete nicht die Wirtschaftskrise.

An Mamas Hand geht man sicher

Erste Ausflüge

Wenn man so weit war, dass man schon kleine Spaziergänge mitlaufen konnte, war es immer schön, an Mamas Hand am Rheinufer entlang zu gehen.

Die kleine Verkaufsbude hatte immer was zu bieten. Grässlich bunte Limonade in knallgrün oder knallrot, die schon wegen der Farbe herrlich schmeckte. Auch Eis in drei Farben mit Waffel oben und unten. Herrliche Bonbons, die es sonst nirgends gab, und natürlich Lakritz und Salmiakpastillen. Ein interessantes Gebäude war auch die „Bastei". Das war aber mehr was für die Erwachsenen.

Auf dem Rhein konnte man damals noch Schleppdampfer sehen und auch noch Fischerboote mit Segeln. Der Lachs war so häufig, dass er den feinen Leuten nicht vornehm genug war und meist als Dienstbotenessen verarbeitet wurde.

Die Bastei

Fischerboot und Schleppdampfer auf dem Rhein

Die Gartenlaube als Rückzugsort

Ein ganz persönlicher Ostergruß

Wir warten auf die Prozession

Ein Garten zur Selbstversorgung

Peters Vater hatte, wie es bei Stadtbewohnern verbreitet war, am Rheinufer in der Nähe der Mülheimer Heide einen 400 Quadratmeter großen Schrebergarten, der viel zur Ernährung der Familie beitragen konnte. Darin gab es auch eine kleine Hütte, die zum Schlafen und Kochen eingerichtet war. Natürlich benutzten Peters ältere Brüder die Hütte auch gerne als „sturmfreie Bude“, sehr zum Ärger von Peters Vater.

Herausgeputzt zum Fototermin

Es war üblich, für Fotos den Fotografen aufzusuchen, und so entstanden dann Bilder zur Freude für die ganze Verwandtschaft. Standard war das Bild mit Mama und zwei Kin-

Fein herausgeputzt, mit Hut und Handtäschchen, so ließ sich die Dame von Welt gerne ablichten

dern. Man konnte auch schöne Festtagspostkarten beim Fotografen draus machen lassen: Auch das Foto auf dem Eisbärfell war üblich.

Aber nach und nach konnte man verhältnismäßig billig Fotoapparate kaufen und es entstanden private Bilder.

Fotografieren macht Spaß!

Es gab schon sehr gute Fotoapparate zu erschwinglichen Preisen und es wurde für viele eine beliebte Freizeitbeschäftigung, Fotos zu „schießen". In der Regel waren es Schwarz-weiß-Fotos und es war mit einfachen Mitteln möglich, sich eine Dunkelkammer einzurichten und die Bilder selber zu entwickeln.

Über die Technik gab es recht lebhafte Diskussionen unter den Amateurfotografen, und sehr große Unterschiede in der Qualität wurden vom verwendeten Papier bestimmt. Auch Belichtungszeiten und verwendete Blenden waren ein schier unerschöpfliches Thema.

Nachdem die Negative auf Glasplatten nur noch für einige Berufsfotografen interessant waren, wegen der hochwertigen Kameras in den Ateliers, wurden die Rollfilme nach und nach immer weiter verbessert. Feinere Körnung ergab deutlichere Bilder, die sich besser vergrößern ließen.

Bis zu guten Farbfotos für alle war es noch eine Weile hin. Leider wurde auch wegen des Aufklärungseinsatzes im Krieg die Kameratechnik immer mehr verfeinert und weniger wegen der friedlichen Amateure.

Die kleine Familie

Im Schoß der Familie

Unser Leben spielte sich innerhalb der Familie in sehr angenehmer Art ab. Von den Sorgen und Kümmernissen der Erwachsenen bekamen wir ja noch nichts mit. Die älteren Geschwister spielten manchmal mit uns, oft mehr zu ihrem eigenen Vergnügen.

Das Leben um uns herum lief in sehr gleichmäßigen, geordneten Bahnen. Mutter stand um sechs Uhr auf, weckte Vater und die schulpflichtigen Geschwister. Frühstück wurde zubereitet und auf den Tisch gebracht, und nach gemeinsamem Frühstück ging Vater zur Arbeit, die Geschwister in die Schule, und jetzt waren die Babys an der Reihe. Während Mutter uns fütterte und frisch machte, war es die Aufgabe der noch nicht schulpflichtigen kleinen Schwester, schon mal den Tisch abzuräumen und mit dem Spülen anzufangen. Dazu gab es in der Küche ein großes Porzellanbecken. Heißes Wasser war immer im Herd, im so genannten „Schiff" vorrätig (einem vernickelten Behälter, rechteckig mit Deckel, der in der Herdplatte versenkt angebracht war).

Wir wurden im Laufställchen abgesetzt, und normalerweise ging für Mutter der übliche Morgenbetrieb los: putzen, waschen, einkaufen, Mittagessen vorbereiten, sodass sie vollauf beschäftigt war.

Praktischerweise waren die kleinen Lebensmittelgeschäfte rund herum in nächster Nähe zu erreichen. Gegenüber war der Bäcker, in der Domstraße, um die Ecke herum war der Metzger und ein Milchladen. An der nächsten Ecke war ein so genannter „Kolonialwarenladen", in dem es so ziemlich alles gab, was man sonst noch brauchte. Eine Kaffeerösterei war auch in der Nähe, sodass die Einkauferei meist schnell erledigt war.

Prominente 1930er

20. Jan. **Edwin Aldrin,** Astronaut, zweiter Mensch auf dem Mond

30. Jan. **Gene Hackman,** US-amerikanischer Schauspieler

30. Jan. **Alfred Herrhausen,** deutscher Bankier und Vorstandssprecher der Deutschen Bank (†1989)

8. Feb. **Eva Strittmatter,** deutsche Dichterin und Schriftstellerin

14. März **Helga Feddersen,** deutsche Schauspielerin (†1990)

3. April **Helmut Kohl,** ehem. deutscher Bundeskanzler

12. April **Gustav Scholz,** deutscher Boxer (†2000)

31. Mai **Clint Eastwood,** US-amerikanischer Filmproduzent, Filmregisseur, Filmkomponist und Schauspieler

24. Juni **Claude Chabrol,** französischer Filmregisseur

5. Aug. **Neil Armstrong,** Astronaut, erster Mensch auf dem Mond

21. Aug. **Princess Margaret,** jüngere Schwester der Königin Elisabeth II. (†2002)

25. Aug. **Sean Connery,** schottischer Schauspieler, James-Bond-Darsteller

8. Sept. **Mario Adorf,** deutsch-italienischer Schauspieler

16. Sept. **Anne Francis,** US-amerikanische Filmschauspielerin

29. Okt. **Niki de Saint Phalle,** Malerin und Bildhauerin (†2002)

3. Dez. **Jean-Luc Godard,** Schweizer Filmregisseur

8. Dez. **Maximilian Schell,** österreichischer/Schweizer Schauspieler, Regisseur und Produzent

9. Dez. **Felicia Langer,** Schriftstellerin und Anwältin der Palästinenser, Preisträgerin des Alternativen Nobelpreises

11. Dez. **Jean-Louis Trintignant,** französischer Schauspieler

17. Dez. **Armin Mueller-Stahl,** deutscher Schauspieler

Wir erkunden unsere Umgebung

1933–1935

Das 4. bis 6. Lebensjahr

Das Leben wird bunter

Wir wurden zur Entlastung der Mütter im Kindergarten angemeldet. Meiner wurde von katholischen Ordensschwestern geführt und war sehr schön eingerichtet. Spielzeug gab es auch genug und mittags gab es sogar Essen. Das war aber nicht immer nach unserem Geschmack. Während mein Freund Peter alles in sich hineinschaufelte, was auf den Tisch kam, gab es bei mir Probleme mit einem speziellen Gericht: Reissuppe mit dicken Stücken Breitlauch drin. Der Breitlauch reizte meinen Brechreiz mit den üblichen, katastrophalen Folgen, sodass die Schwestern mir in Zukunft dieses Essen ersparten.

In der „Obhut" der Geschwister

Zu unserer Zeit war es nicht nur üblich, dass die größeren Kinder im Haushalt mithalfen, sondern sich auch zu Entlastung der Mütter um die jüngeren Geschwister kümmerten. So nahmen uns unsere älteren Brüder schon mal mit auf einen Spaziergang am Rhein entlang. Besonderen Spaß hatten sie daran, uns Gruselgeschichten wie die folgende zu erzählen:

Gegenüber der Uferstraße, in einem kleinen vergitterten Grundstück, stand ein etwa zehn Meter hoher kleiner Turm, die „Weckschnapp". Die lieben Brüder erzählten uns nun, dies sei eine Hinrichtungsstätte für Verbrecher gewesen. Nach ihrer Schilderung ging das wie folgt vonstatten:

Chronik

30. Januar 1933
Adolf Hitler wird zum Reichskanzler ernannt. In vielen deutschen Städten kommt es zu Auseinandersetzungen zwischen Nationalsozialisten und ihren politischen Gegnern.

20. März 1933
Das KZ Dachau nimmt den Betrieb auf. Systemgegner werden sofort eingeliefert.

1. April 1933
Organisiert von den Nationalsozialisten werden jüdische Geschäfte Anwaltskanzleien und Arztpraxen boykottiert.

10. Mai 1933
In Berlin findet die erste Bücherverbrennung statt.

1. Januar 1934
Das Gesetz zur Verhütung erbkranken Nachwuchses tritt in Kraft.

10. Juni 1934
Gastgeber Italien gewinnt die Fußballweltmeisterschaft.

28. Juni 1934
Am 15. Jahrestag der Unterzeichnung des Versailler Vertrags lässt die deutsche Regierung an allen öffentlichen Gebäuden halbmast flaggen.

22. März 1935
In Deutschland wird die erste Fernsehausstrahlung gesendet.

19. Mai 1935
Das erste Teilstück der Reichsautobahn von Frankfurt nach Darmstadt wird dem Verkehr frei gegeben.

15. September 1935
Die „Nürnberger Rassengesetze" werden verabschiedet.

21. Dezember 1935
Der Dichter und Publizist Kurt Tucholsky nimmt sich das Leben.

Immer das lästige Brüderchen dabei

Der Verbrecher wird von den Schergen ins oberste Geschoss des Turmes gebracht und in diesem kleinen Raum eingesperrt. Zu Trinken bekommt er nur Wasser und zu Essen nichts. Der Hunger wird von Tag zu Tag quälender und da, plötzlich, öffnet sich in der Decke eine Luke, und an einem Seil wird ein frisch gebackenes Brot herabgelassen. Aber nicht tief genug, dass der Verbrecher es erreichen kann. Also springt er hoch, um das Brot vom Strick zu reißen. Er fällt mit Wucht auf den Boden zurück und der öffnet sich plötzlich. Der Delinquent fällt durch den Turm nach unten, wo er im untersten Teil mit rasiermesserscharfen Schwertern bestückt ist. Vom eigenen Gewicht zerstückelt fallen die Überreste des Verbrechers in einen Kanal, der zum Rhein führt. Der Henker, der das Öffnen des Bodens gehört hat, schwemmt gleichmütig die Überreste in den Rhein. Uns lief es bei die-

Der Rhein tritt über die Ufer

Im Zuge der Gleichschaltung wurden Staat, Wirtschaft, Kultur und öffentliches Leben auf die Ziele des Nationalsozialismus verpflichtet. Es begannen die Verfolgung politisch Andersdenkender und der Boykott gegen Juden. Ab Juli war die NSDAP einzige legale Partei im Deutschen Reich. Die Gewerkschaften wurden ausgeschaltet. Innerhalb eines Jahres wurde im Deutschen Reich ein autoritärer, nationalsozialistischer Einparteienstaat errichtet.

ser schauderhaften Geschichte kalt den Rücken herunter, und wir mieden sorgfältig die Nähe dieses unheimlichen Türmchens, das damals aber von der Stadt längst anderweitig genutzt wurde.

Ansonsten gab es am Rhein immer viel zu sehen: Zum Beispiel, wie an anderen Flüssen auch, Hochwasser.

Gespräch dreier Philosophen

Auf dem Weg ins „Dritte Reich"

Am 30. Januar 1933 wurde Adolf Hitler zum deutschen Reichskanzler ernannt. Sein Kabinett, dem drei NSDAP-Mitgleider und acht konservative Minister angehörten, wurde vereidigt.

Damit war der Weg in das Dritte Reich und in die nationalsozialistische Diktatur geebnet. Binnen weniger Monate wurden die Ergebnisse von 14 Jahren Demokratie im Deutschen Reich zunichte gemacht.

Besuch im Zoo

War man besonders brav gewesen, war ein Besuch im Zoo fällig. Was gab es da alles zu sehen. Große und kleine Tiere aller Art. Im Streichelzoo ganz kleine liebe Tiere, die man streicheln konnte: Kaninchen, Meerschweinchen, Ziegen, Ponys und kleine Eselchen. Manche Tiere benahmen sich fast wie Menschen.

Der Ausflug ins Grüne

Ausflug ins Grüne

War das Wetter schön, nahmen die Eltern uns Kinder schon mal mit auf eine Fahrt ins Freie, hinaus aus der Großstadtluft. Das war immer eine erfreuliche Abwechslung, und auch da gab es viel zu sehen und zu entdecken. Kühe auf der Weide oder massenhaft Hühner und Schweine waren für uns Großstadtkinder sensationell. Vor allem, wenn auch noch kleine Ferkel im Stall waren, Kälbchen oder Stuten mit ihren Fohlen.

Draußen spielen macht am meisten Spaß

Was hatten wir doch auf der Straße für schöne Spiele. Eine kleine Kuhle war Zentrum zum „Klickerspiel“. Jeder hatte sein kleines Säckchen mit Lehmkugeln dabei in allen Farben, und für besondere Fälle schöne Glaskugeln in allen Variationen. Wem es gelang, mit seinem Klicker den Klicker des Gegners in die Kuhle zu schubsen, der durfte den Inhalt einsacken. Weil es dann aber wieder weiterging und meistens die gleichen Kinder spielten, ging der Kugelbestand mehr oder weniger reihum und keiner brauchte traurig zu sein. Die größeren Kinder hatten sich eine schwierigere Variante erdacht. Ein Schuhkarton wurde an der Längsseite mit verschieden großen Toren von eins bis sechs versehen. Eins war am größten, sechs am kleinsten. Man musste nun versuchen, den Klicker aus ziemlicher Entfernung in eines der Tore zu rollen. Je nach Nummer über dem Tor bekam man von den abgeprallten Klickern einen, zwei oder maximal

Bei den Mädels beliebt: Hüpfspiele

Bei den Jungs beliebt: Klickern

sechs als Lohn. Das war den Kleineren aber meist zu kompliziert und sie blieben lieber jeweils zu zweit bei ihrer Klicker-Kuhle.

Versteck spielen war auch immer schön, denn Verstecke gab es mehr als genug. Wie war noch der Abzählreim vom Sucher: Eins zwei drei für Eckstein, alles muss versteckt sein, hinter mir da gilt es nicht, eins, zwei, drei, jetzt komme ich." Und dann wurde jeder, der sich finden ließ, „abgeklopft". Der Letzte musste dann als Nächster suchen.

Das Netz eines aufgerollten Würfels auf die Straße gemalt, ergab die sechs Felder für „Hüppemützchen", „Hüppelhäuschen" „Himmel und Hölle" oder wie auch immer das Hüpfspiel hieß. Der oder die Erste, die loshüpfen durfte, einen Stein oder einen Schlüsselbund mit dem Fuß vor sich her schiebend beim Hüpfen von Quadrat zu Quadrat, wurde mit alten Zählreimen ausgezählt: „Eeene Meene, dupladeene, dupladeene daria, eene meene dupladeene, dupaldeene daus." Bei jedem „Daus" musste ein Mitspieler „raus" und wer am Schluss noch übrig war, durfte loshüpfen. Landete man beim Hüpfen auf einem „Strich", schied man aus und der oder die Nächste war dran.

Nürnberger Rassegesetze

Der Erlass der so genannten Nürnberger Rassegesetze am 15. September auf dem NSDAP-Parteitag legalisierte die Judendiskriminierung im Deutschen Reich. Durch das „Reichsbürgergesetz" und das „Gesetz zum Schutze des deutschen Blutes und der deutschen Ehre" wurden jüdische Mitbürger zu Menschen minderen Rechts gestempelt, sie waren fortan nur noch Staatsangehörige ohne politische Rechte.

Verboten wurden auch Eheschließungen zwischen Nichtjuden und Juden, deren Geschlechtsverkehr als „Rassenschande" unter Strafe gestellt wurde. Wer nicht den Diskriminierungen der „Nürnberger Gesetze" zum Opfer fallen wollte, musste einen Ariernachweis erbringen. Doch diese Gesetze waren noch längst nicht der Höhepunkt des nationalsozialistischen Rassenwahns.

Schnell weg hier!

Bravsein ist langweilig

Wir waren keine „Engelchen". Es gab herrliche Streiche zu spielen, die wir meistens von den älteren Freunden abguckten: Bei wildfremden Leuten einen Zahnstocher in den Klingelknopf stecken und wegrennen oder einen blankgeputzen Groschen auf dem Bürgersteig festnageln und vom sicheren Versteck aus beobachten, wie die beglückten „Finder" sich die Fingernägel abgebrochen haben, beim Versuch, das verflixte Geldstück aufzuheben.

Eine andere Variante erforderte einen möglichst großen leeren Karton. Der wurde an der Wand eines Ladengeschäftes aufgestellt, um vorzutäuschen, dort sei Ware angekommen. Im Karton fand ein kleiner Junge oder auch ein kleines Mädchen Platz und mit einem dünnen, aber starken Zwirnsfaden wurde ein leerer Geldbeutel auf dem Bürgersteig platziert. Ein kleiner Sehschlitz erlaubte dem Kartoninsassen, das Geschehen zu beobachten. Bückte sich nun ein Passant nach dem Geldbeutel, verschwand der blitzschnell, am Faden gezogen, unter dem Karton. Wir saßen scheinbar unbeteiligt in der Nähe und hatten unseren Spaß an den verdutzten Gesichtern der Opfer.

Auf dem Land gab es dann wieder andere Möglichkeiten: Brotbrocken in Schnaps getränkt den Hühnern hinwerfen und amüsiert beobachten, wie die armen Viecher betrunken im Hof herumtorkeln mit verdrehten Augen. Stalltüren „versehentlich" offen lassen brachte auch überraschende Ergebnisse. Leider musste man dann beim Einfangen der entlaufenen Viecher wieder mithelfen.

Geschicklichkeitsspiele standen hoch im Kurs

Auch zu Hause ist es schön

War das Wetter gar zu miserabel oder die Eltern hatten abends mal Zeit, gab es auch sehr amüsante Spiele daheim.

Mensch ärgere dich nicht war immer sehr lustig. Vor allem konnte man lernen, mit Anstand zu verlieren oder im Glück nicht übermütig zu werden. Wie oft wurde man kurz vor dem Sieg wieder herausgeschmissen. Das schützte vor Übermut.

Bei Mühle konnte man schon richtig lernen, was Strategie ist, und bei Halma brauchte man viel Geduld.

Ja und dann die Kartenspiele: „Schwarzer Peter", mit einem Flaschenkorken mit Kerzenruß eingeschwärzt, damit man hinterher auch sehen konnte, wer verloren hatte, das war so ein Spaß. Oder „66" mit so einfachen Regeln, dass man es in unserem Alter auch schon schnell lernen konnte. Nur das „Augen" zählen klappte nicht immer schnell genug.

Der „Clou" war bei uns jedoch das Geschenk einer Tischtennisplatte samt grünem Netz, Schlägern und einem Satz Tischtennisbällen. Im Nu war die Platte auf einem passenden Tisch montiert und los ging ein wildes Spiel. Zumindest hatte man ausreichend Bewegung in allen erdenklichen Körperstellungen. Unglaublich, wohin sich so ein Tischtennisball in der Wohnung verkriechen konnte. Aber lustig war's.

Die ersten Emigranten

Viele berühmte Leute verließen damals Deutschland, teils weil sie deutsche Juden waren, teils weil sie den Nationalsozialismus strikt ablehnten. Es waren aber auch viele Menschen dabei, die unverdientermaßen bis heute oft nahezu unbekannt blieben.

Als Beispiel nenne ich Frederic W. Nielsen. Eigentlich wollte er Schauspieler werden und hatte in Berlin auch schon mit gutem Erfolg Theaterunterricht beim Reinhardt-Seminar unter Heinz-Dietrich Kenter genommen. Leider waren jüdische Schauspieler und Schauspiellehrer dabei und so war Anfang 1933 Schluss.

Herr Nielsen hatte Hitlers Buch „Mein Kampf" aufmerksam gelesen und die einzig richtigen Schlüsse daraus gezogen. Mit 30 Jahren floh er nach Prag, um von dort mit der „Feder" den Faschismus in Deutschland zu bekämpfen. Damit landete er ganz oben auf der Verhaftungsliste der Gestapo, und nur mit Hilfe der Engländer gelang ihm im letzten Moment die Flucht nach England. Dort wurde er nach Kriegsausbruch prompt mit einer großen Zahl deutscher Emigranten und Antifaschisten als „feindlicher Ausländer" interniert. Seine spannenden und teilweise fast unglaublichen Erlebnisse hat er in dem interessanten Buch „Emigrant für Deutschland" festgehalten. Er soll hier als Beispiel für viele Vergessene stehen.

Puppe im Wagen, der Traum aller Mädchen

Autos oder Puppen

Viel Spaß hatten wir Jungens damit, in einem Heft Marken und Kennzeichen geparkter Autos zu sammeln. Wir kannten uns schon gut mit den einzelnen Fabrikaten aus, und wer die ausgefallensten Modelle entdeckt hatte, war König.

Ab und zu bekam man mal ein kleines Modellauto geschenkt. Da gab es sehr schöne Modelle von Schuko. Ein richtiger „Silberpfeil", bei dem man die Räder ab- und anmontieren konnte, wie bei einem richtigen Rennwagen. Oder ein Modellauto, das man auf der Tischplatte fahren lassen konnte ohne Gefahr des Absturzes. An der Tischkante wendete es automatisch. Dann auch das sehr beliebte „Stopp-Auto". Wenn man oben zum Dach hinein „Stopp" rief, blieb es sofort stehen. Wir hatten natürlich bald heraus, dass durch den Luftstoß ein Blech nach unten gedrückt wurde und das Auto anhielt.

Die Glücklichen unter uns hatten schon eine einfache Version einer Spielzeugeisenbahn, meist mit aufziehbarem Werk in der Lokomotive. Eine kleine runde Schienenstrecke gehörte dazu und natürlich Wagen. Viel Spaß machte es, die kleinen Güterwagen der Eisenbahn mit allem Möglichen zu beladen, und natürlich konnte man durch mutwilliges Entgleisen die tollsten Eisenbahnkatastrophen herstellen.

Die Mädchen hatten viel Spaß mit ihren Puppen und Puppenwagen. Es machte gar nichts, wenn viele der Puppen und auch mancher Puppenwagen schon reichlich betagt waren. Die Mädchen hatten immer genug Phantasie, sich schöne Spiele auszudenken. Auf der Straße sahen wir sie beim „Seilchen springen" mit oft sehr komplizierten Regeln oder sie hüpften nach verschiedenen Regeln über ein Sechserfeld auf dem Bürgersteig. Es war aber klar, dass wir uns als Jungens von den Mädchen fern hielten. Da gab es sehr strenge Verhaltensregeln, die wir uns selber erdacht hatten.

Arbeitslosigkeit

Obwohl es nicht mehr so viele Arbeitslose gab wie in den Jahren vorher war es schwierig, in einer guten Arbeit unterzukommen. Man musste sich schon etwas einfallen lassen. Einer meiner Brüder, der gut aussah, verdingte sich beim „Norddeutschen Lloyd" als Steward und fuhr als Erste-Klasse-Steward auf dem Schnelldampfer „Columbus" zwischen Bremerhaven und New York hin und her. Peters Schwester, die eigentlich Sekretärin gelernt hatte, fand eine Arbeit als Empfangsdame in einem Luxushotel. Es ging eben vielen Leuten so, dass sie nicht mehr in ihrem eigentlichen Beruf arbeiten konnten, sondern Phantasie entwickeln mussten, um eine Arbeit zu finden.

1936-1939

Die Schule hat uns

Das 7. bis 10. Lebensjahr

Mein neuer Schulranzen

Die Schule beginnt

Endlich waren wir sechs Jahre alt. Wir wurden darauf vorbereitet, dass jetzt mit der Schule der Ernst des Lebens anfangen würde. Aufregende Vorbereitungen fanden statt. Ein Schulranzen wurde gekauft und was da hinein gehörte:

Eine Schiefertafel mit Läppchen und Schwamm dran. Ein Griffelkasten aus Holz, bestückt mit diversen Schreibgeräten und einem dicken Radiergummi. Hefte mit verschiedenen Blättern, liniert, kariert und ohne Linien. Kleine Bücher mit bunten Bildern und sehr interessantem Inhalt. Leider konnten wir noch nicht viel davon lesen.

Chronik

25. Juni 1936
Die Leitung der Rüsselsheimer Opelwerke reagiert auf Streiks der Arbeiter wegen vorgenommener Lohnkürzungen mit Massenentlassungen.

25. August 1936
Drei deutsche Dampfer laufen mit Flugzeugen, Munition und anderen Kriegsmaterialien für die spanischen Faschisten an Bord nach Südspanien aus.

2. Dezember 1936
Dem Schriftsteller Thomas Mann wird die deutsche Staatsangehörigkeit aberkannt. Mann lebt in der Schweiz im Exil.

30. Januar 1937
Adolf Hitler verbietet jedem Deutschen die Annahme eines Nobelpreises und stiftet einen Nationalpreis für Kunst und Wissenschaft.

21. Februar 1937
Anlässlich des Heldengedenktages erklärt Kriegsminister Werner von Blomberg, dass der Freiheit anderer Völker von Deutschland keine Gefahr drohe.

28. April 1937
Laut Anweisung des Propagandaministeriums beginnt in Deutschland eine „Propaganda-Aktion gegen die katholische Kirche".

25. Januar 1938
Durch einen Erlass des Reichsinnenministeriums wird in Deutschland die „Schutzhaft" künftig grundsätzlich in Konzentrationslagern vollzogen.

18. Februar 1938
Adolf Hitler eröffnet die Internationale Automobil- und Motorradausstellung in Berlin. Er kündigt den Bau eines Volkswagenwerkes an.

29. April 1939
Mit einer Sendung in New York beginnt die Fernseh-Ära in den USA. Großbritannien strahlt bereits seit 1936 ein reguläres Fernsehprogramm aus.

24. August 1939
Papst Pius der XII. beschwört im Rundfunk die verantwortlichen Politiker, den Frieden zu wahren. Die deutsche Presse würdigt die Ansprache nur knapp.

Ein ABC-Schütze mit Schultüte

Der erste Schultag

Das waren aufregende Zeiten, die ersten Tage in der Schule. Die Lehrerinnen und Lehrer waren noch echte Originale, und in der Regel sehr nett zu uns. Zumindest in den ersten Schuljahren. Die meisten von uns waren neugierig genug, um mit Begeisterung lesen zu lernen. Etwas mehr Mühe machten mir das Schreiben und Rechnen, aber die anderen Schulkameraden mussten ja auch lernen.

Hatte man vorher zu Hause wenig Kontakt mit Gleichaltrigen oder höchstens beim Spielen auf der Straße, wurde das jetzt schnell interessanter. Viele Tauschobjekte waren in Mode: Sammelbildchen für Einklebe-Alben, Spielzeugautos, interessante Griffel oder Bleistifte, Glasklicker für Klickerspiele in allen Ausführungen und Größen.

Ein Kämpfchen in Ehren...

Die ersten Kämpfchen

Natürlich ergaben sich aus der Tauscherei auch schon mal Diskussionen, die hin und wieder zu einer richtigen Rauferei ausarteten. Es wurde aber nur mit fairen Mitteln gebalgt, und trotz Anfeuern durch die umstehenden Zuschauer kamen keine ernsthaften Verletzungen dabei vor. Die Lehrpersonen gingen auch sehr schnell dazwischen und machten der Rauferei ein Ende. Hinterher vertrug man sich halt wieder und wusste über die Stärke des „Gegners" für das nächste mal Bescheid. Dumm war man natürlich als Brillenträger dran. Auf die üblichen Anreden als: „Brillen-Papa" musste man schon mal mit einer Balgerei reagieren, wobei die Brille öfter mal zu Bruch ging. Wenn man sie einem Kameraden zum Halten gab, nutzte das oft auch nichts, wenn der mitraufte und die Brille vergaß. Zu Hause gab es dann „Ärger", denn die Gläser von Kinderbrillen waren nicht sehr billig.

Die Kriegsplanung

Am 7. März 1936 besetzten deutsche Truppen das Rheinland. Damit brach die Regierung den Vertrag von Locarno von 1925. 30 000 Mann marschierten ein und begannen sofort mit Grenzbefestigungen an der Westgrenze. Militärische Gegenmaßnahmen Frankreichs und Großbritanniens blieben aus. Nach der Rückgliederung des Saargebiets war dies Hitlers zweiter außenpolitischer Erfolg.
Den Vorwand für die Besetzung des Rheinlandes lieferte das französisch-sowjetische Verteidigungsbündnis vom 2. Mai 1935. Die Bevölkerung bejubelte die Besetzung! Hitler räumt später ein: „Die 48 Stunden nach dem Einmarsch ins Rheinland sind die aufregendste Zeitspanne in meinem Leben gewesen. Wären die Franzosen damals ins Rheinland eingerückt, hätten wir uns mit Schimpf und Schande wieder zurückziehen müssen, denn die militärischen Kräfte, über die wir verfügten, hätten keineswegs auch nur zu einem mäßigen Widerstand ausgereicht."

„Ich rufe die Jugend der Welt"

Olympia 1936

Berlin ist gerüstet

Olympiade 1936

Die Erwachsenen sprachen jetzt viel von der Olympiade in Berlin. Wir konnten zwar noch nicht alles so recht begreifen, aber imponiert hat uns doch so einiges. Schnellläufer wie Jesse Owens oder technische Sensationen, wie das Fernsehen. Radio kannten wir ja schon, aber wie ein Fernsehgerät funktionieren sollte war uns unbegreiflich. Die Erwachsenen zeigten uns Bilder in der Illustrierten, und das hat uns doch sehr gut gefallen.

Der Lehrer in der Schule teilte uns die wichtigsten Siege der deutschen Sportler besonders gerne mit und erzählten uns, wie beeindruckend das Bild in der Wochenschau gewesen sei, als die Franzosen ins Stadion marschierten unter eisigem Schweigen der Zuschauer, und erst als sie beim Vorbeimarsch an der „Führer-Loge", den rechten Arm zum deutschen Gruß hochrissen, sei donnernder Applaus losgebrochen.

Na ja, um die volle Bedeutung zu begreifen, waren wir doch noch zu klein.

Allerlei Schulstreiche

Die Schule war ein reiches Feld für dumme Streiche. Auf „Herr Lehrer, es hat geklopft" fiel kaum noch ein Lehrer rein. Da musste man sich schon etwas Originelleres einfallen lassen. Zum Beispiel: den Klassenschrank an versteckter Stelle mit einer langen Schraube zuschrauben oder das Schloss in der Türe zum Turnsaal mit eingeweichtem Zeitungspapier so voll stopfen, dass der Hausmeister alle Mühe hatte, den Mist wieder herauszupulen. Nur erwischen lassen durfte man sich möglichst nicht. Und Gnade Gott dem Verräter, der jemanden beim Lehrer anzeigte. Der hatte lange Zeit in der Klasse nichts mehr zu lachen.

Das erste große Fest in der Kirche

Manche von uns wurden Messdiener oder halfen anderweitig in der jeweiligen Kirchengemeinde mit. Religionsunterricht an der Schule war zwar verboten, wurde aber in irgendeinem Pfarrsälchen oder im Pfarrhaus geduldet.

Bald stand also für die katholischen Kinder die Kommunion an. Die Vorbereitung auf die erste heilige Kommunion wurde arrangiert, und die Eltern mussten entsprechende Kleidung beschaffen. Leider waren hin und wieder die Mütter mit der fast einheitlichen Kleidung nicht einverstanden und schneiderten eigene Ideen zurecht. Für mich war das ein Samtanzügelchen mit glänzender Passe an den Rändern der Jacke, und mir war es furcht-

Die Erstkommunion

bar peinlich, so anders auszusehen als die anderen Jungen.

Mein Freund Peter sparte nicht mit beißendem Spott, und die Bemerkungen der Mädchen, die zur Kommunion kamen, waren mehr als unangenehm. Aber auch das ging vorbei. Die Geschenke hielten sich meist sehr in Grenzen, die meisten Eltern beschränkten sich auf ein Gebetbuch mit Goldschnitt und eingeprägtem Namen auf der Rückseite und einem Rosenkranz im Lederetui.

Ein neuer Fußballtrainer

Für Fußballinteressierte gab es am 10. Oktober 1936 die interessante Meldung: Josef (Sepp) Herberger übernahm das Training der deutschen Fußballnationalmannschaft von Otto Nerz, der zu wenig Erfolg hatte. 1939 erhielt Herberger dann die alleinige Vollmacht für die deutsche Nationalmannschaft. 1943 wurde allerdings der Länderspielbetrieb eingestellt.

Nach dem Krieg wurde Herberger zum Bundestrainer berufen und führte die Nationalelf 1954 zum Weltmeistertitel.

In der Hitlerjugend muss man sein

Ab dem 1. Dezember 1936 wurde per Gesetz festgelegt: Ab dem 10. Lebensjahr mussten alle deutschen Jugendlichen Mitglied der Hitlerjugend werden. Zur HJ gehörten das Jungvolk, die Jungmädel, der Bund Deutscher Mädel (BDM) und die eigentliche Hitlerjugend. Zuvor waren alle anderen Jugendorganisationen von Kirchen und Verbänden verboten worden. Der elterliche Einfluss auf unsere Erziehung sollte weiter zurück gedrängt werden.

Natürlich übte die Art, wie das Ganze organisiert war, auf viele von uns einen großen Anreiz aus! Die tollen Uniformen, die Möglichkeit, Militärmusik zu machen, das Gemeinschaftsgefühl und tolle Spiele, Wehrertüchtigungsübungen für die Jungen und Zeltlager!

Auch das Aufsehen, wenn man mit Landsknechtstrommeln und zackigen Liedern durch die Straßen marschierte, war imponierend.

Für uns nicht leicht zu verstehen, waren doch einige Eltern gegen die Idee, da mitmachen zu dürfen! Die Treffen der Gruppen wurden meist so gelegt, dass „zufälligerweise" grade dann Gottesdienst war, an dem man natürlich nicht gleichzeitig teilnehmen konnte.

Es gab eben auch eine Kehrseite der Sache!

Ab in die Kaserne

Der Staat rekrutiert seine Söhne

In vielen Familien wurden jetzt die älteren Brüder eingezogen. Die einen zum Reichsarbeitsdienst, die anderen mussten einrücken zur Wehrmacht. Die Erwachsenen machten sich Gedanken über die Zukunft, hielten uns Kinder aber möglichst davon frei. Auf unsere Fragen bekamen wir meist unbefriedigende Antworten nach dem Motto: „Dafür bist du noch zu klein.". Beim Versuch, uns gegenseitig zu informieren, kam auch nicht viel Gescheites heraus und am ehesten bekamen wir wenigstens ein paar vernünftige Informationen zum Zeitgeschehen in der Schule.

Muttertag – „Das Schönste, was Sie im Laden haben"

Viele Mütter erhielten das so genannte „Mutterkreuz" als Anerkennung für die Geburt von vier oder mehr Kindern in verschiedenen Versionen. Für uns Kinder war klar, dass wir der lieben Mutter zum Muttertag etwas schenken mussten. Taschengeld wurde dafür gesammelt und das Mindeste waren ein paar Blumen, die man auf dem Land natürlich einfach pflücken gehen konnte.

Der Arbeitsmann

Das Muttertagsjuwel

Ich fand mich mal zu einem Muttertag im Laden mit Damenartikeln, Modeschmuck etc. ein, entschlossen, in diesem Jahr bei den Geschenken „den Vogel abzuschießen". Der Verkäuferin sagte ich in meinem kindlichen Gemüt: „Ich möchte für meine Mutter das Schönste kaufen, was sie im Laden haben." Sie fragte sehr freundlich: „Na, wie viel Geld hast du denn dabei?" Ich sagte stolz: „vier Mark", für mich eine immense Summe.

Sie holte aus einer Schublade ein Parfümfläschchen heraus, über und über mit „Edelsteinen" besetzt und einem dicken „Edelstein" auf der Drehverschlusskappe. Die Steine in „Gold" gefasst und ein wohlriechendes Parfüm war auch noch im Fläschchen. Ich war begeistert, so etwas Tolles für vier Mark zu bekommen.

Dass die „Edelsteine" nur aus Glas waren, wusste ich damals natürlich noch nicht. Meine Mutter hat sich sehr über dieses Geschenk gefreut und den Flakon bis an ihr Lebensende in ihrer Vitrine aufbewahrt.

Bürgerkrieg in Spanien

In Spanien kämpfte die deutsche Legion Condor an der Seite Francos zur Ablösung der regulär gewählten Regierung. Zum ersten Mal wurde am 26. April 1937 eine Stadt aus der Luft von Flugzeugen zerstört. Der spanische Maler Picasso nahm dieses Verbrechen zum Motiv für sein anklagendes Bild „Guernica" und zeigte es am 12. Juli 1937 auf der Weltausstellung in Paris.

Lesestoff

Bücher wurden aus vielen Quellen bezogen. Geld wurde meist für wichtigere Sachen gebraucht, auch die Schulbücher der Kinder samt Heften und Zubehör kosteten viel Geld.

Es gab aber so genannte „Althändler", die neben allem Möglichem auch Literatur zu bieten hatten: Zum Beispiel gebundene Ausgaben von Velhagen & Klasings Monatsheften. Dann gab es gesammelt den „Ulk", Beilage zum Berliner Tageblatt von 1912. Wir Kinder löcherten angesichts solcher Karikaturen die Erwachsenen mit Fragen, und vieles konnte man uns noch nicht so recht erklären.

Der Tausch von kleinen, preiswerten Reclam-Heftchen bot oft die einzige Möglichkeit, Schriftsteller, die längst verboten waren, noch kennen zu lernen: Beispiel: Lessings „Nathan der Weise". Auf jeden Fall las man gerne bei jeder passenden Gelegenheit.

Tagespost

Nr. 182 / 1938 Ausgabe B

Montag, den 8. August

31. Jahrgang

Volkszeitung für Breisgau, Schwarzwald, Wiesental und Oberrhein

Freiburg i. Br.

Lokalschriftleitung und Hauptgeschäftsstelle der Ausgabe B · Lörrach Adolf-Hitler-Straße 174 · Fernspr. 2157

Italiens Kolonialpolitik

Von unserem ständigen römischen Vertreter

Von einer fast zweimonatigen Reise durch Italienisch-Ostafrika zurückgekehrt, hat Unterstaatssekretär General Teruzzi seine Eindrücke einem Vertreter der römischen Wochenzeitung „L'Azione Coloniale" dargelegt und darin die wesentlichsten Fragen berührt, die Italien in seinem neugewonnenen Kolonialgebiet zu lösen hat. Man ersieht aus den Darlegungen des bedeutenden Kolonialpolitikers, daß Italien in Ostafrika auf ganz neuen Wegen zu gehen gewillt ist. Sie sind vor allem dazu geeignet, die Frage des Zusammenlebens zwischen Italienern und Eingeborenen zu klären, ein Problem, das innerhalb der von Italien betriebenen Bevölkerungspolitik auf seinem neuen Lebensraum von höchster Wichtigkeit ist. Die italienische Verwaltung in Aethiopien ist sich darüber klar, daß die Berührungspunkte zwischen der zugewanderten Bevölkerung des Mutterlandes und den Eingeborenen nicht zu vermeiden sind, ja, sie fördern muß, soll die Wirtschaft des Kolonialgebietes nicht beträchtlich leiden. Andererseits soll aber der Italiener in Aethiopien sich immer seines höheren Wertes bewußt und so gestellt sein, daß die Eingeborenen ihn anerkennen müssen. Erst unter solchen Umständen wird die Betonung der Ueberlegenheit der Rasse zu einem wirksamen Erziehungsmittel. Leitender Grundsatz muß dabei der sein, bei Bewußtsein des eigenen Wertes den Eingeborenen Verständnis entgegenzubringen, ihre Sitten und Bräuche zu achten, ihrer Tradition nicht entgegenzutreten, sofern sie sich mit dem gewollten Kulturfortschritt vereinigen läßt.

Italien hofft, auf diesem Wege die rechte Mittelstraße zwischen der englischen Haltung innerhalb des britischen Imperiums und der französischen Einstellung zu den Kolonialvölkern eingeschlagen zu haben. Es vermeidet, die verächtliche Miene anzunehmen, die der Engländer dem Farbigen gegenüber zur Schau trägt, er bewahrt sich jedoch auch vor jener schranken-

Aenderung der englischen Palästinapolitik?

Aufsehenerregender plötzlicher Besuch des Kolonialministers in Jerusalem

DNB. Jerusalem, 7. Aug.

Nach einem offiziellen Kommuniqué ist der englische Staatssekretär für die Kolonien, Malcolm Macdonald, gestern überraschend im Flugzeug in Palästina eingetroffen. Der Staatssekretär hatte eine eingehende Unterredung mit dem Hohen Kommissar Mac Michael über die Lage in Palästina, an der auch General Haining, der Oberbefehlshaber der britischen Palästina-Truppen, sowie Major Saunders teilnahmen.

In dem Kommuniqué wird der Wunsch, die außerordentlich gespannte Lage in Palästina zu befrieden, betont. Malcolm Macdonald ist am Sonntag wieder mit dem Flugzeug nach London zurückgekehrt.

Diese Reise ist für die Londoner Oeffentlichkeit völlig überraschend gekommen. In London hatte niemand etwas davon gewußt, daß der Minister sich mit der Absicht trägt, Jerusalem zu besuchen. Die Tatsache aber, daß Malcolm Macdonald es für notwendig befunden hat, über das Wochenende nach Jerusalem zu fliegen, deutet darauf hin, daß man in London die Lage in Palästina für sehr ernst hält. Es gehört zu den Seltenheiten, daß ein englischer Minister das Wochenende zu Dienstreisen benutzt. Man nimmt daher an, daß weittragende Entscheidungen den Minister veranlaßt haben, sich persönlich nach Jerusalem zu begeben. Man erinnert in Londoner politischen Kreisen daran, daß vor einiger Zeit auch die Kommission, die die Teilung Palästinas an Ort und Stelle nochmals prüfte, ihre Arbeiten abgeschlossen habe und Macdonald sich an Ort und Stelle darüber habe informieren wollen, wie in Palästina die Stimmung gegenüber diesem Teilungsplan ist.

Amtliche Stellen in London haben sich bisher zu dem Zwecke des Besuches des Ministers in Palästina noch nicht geäußert.

Der sensationelle Besuch des englischen Staatssekretärs für die Kolonien, Malcolm Macdonald, und seine Besprechungen mit dem Hohen Kommissar und den Oberbefehlshabern des Militärs und der Polizei sowie den Spitzen der Behörden in Palästina beleuchtet schlagartig die schwierige Lage in diesem englischen Mandatsgebiet, die besonders nach den letzten schweren Zwischenfällen in Haifa und infolge des ständig zunehmenden Terrors fast unhaltbar geworden ist. London ist hierdurch anscheinend soweit beunruhigt worden, daß es den Staatssekretär für die Kolonien zu einer Besprechung der Lage an Ort und Stelle entsandte.

Ueber das Ergebnis der geheim abgehaltenen Besprechung ist noch nichts bekannt. Doch wird sowohl in Kreisen der Araber wie der Juden mit einer baldigen Auswirkung des Besuches in irgendwelcher Richtung, vielleicht sogar mit einer Aenderung der Taktik des Vorgehens Englands in seiner künftigen Palästinapolitik gerechnet. — Der Besuch Macdonalds hat allgemein größte Ueberraschung hervorgerufen.

Tschechische Flugzeuge über polnischem Gebiet

Tagespost Titelblatt vom 8. August 1938

Gelesen wurde viel

In jenen Jahren waren die Radioprogramme noch verhältnismäßig bescheiden und auch nur auf Stunden begrenzt. So lag es auf der Hand, dass mehr gelesen wurde in den Familien. Tageszeitungen waren recht billig zu abonnieren.

In vielen Familien mit faschistischer Einstellung kursierten natürlich auch Blätter wie „Das schwarze Korps", Leibblatt der „SS".

Zum Glück gab es aber auch in sehr vielen Familien Bücher. Für uns Kinder gab es schon spannende „Groschenheftchen" in verschiedenen Geschmacksrichtungen. Aber auch der elterliche Bücherschrank war vor uns nicht sicher. Ich habe mit Begeisterung „Reinecke Fuchs" von Goethe gelesen, den Sinn natürlich nicht verstanden, und war der Meinung, es handele sich um eine Art „Tiergeschichte". Mädchen in unserem Alter stibitzten schon mal einen Liebesroman bei ihrer Mutter und verstanden ihn wohl doch ein bisschen besser als ich meinen „Reinecke Fuchs".

Ausschnitt Werbenummer vom 13. März 1935

Das Schwarze Korps

ZEITUNG DER SCHUTZSTAFFELN DER NSDAP

Unsere Aufgabe

Der Führer

Der Reichsführer-SS an „Das Schwarze Korps":

Volkswagen der ersten Generation aus dem Jahr 1937

Der Volkswagen war erfunden

Die Erwachsenen erzählten uns wahre Wunderdinge. Am 26. Mai 1938, dem Tag der Grundsteinlegung zum Bau des Volkswagenwerkes in Wolfsburg, bekamen wir zu hören: Jeder Deutsche soll ein Auto erwerben können, den so genannten „Volkswagen" oder auch KdF-Wagen (Kraft durch Freude-Wagen). Mit fünf Mark pro Woche und der KdF-Sparkarte könne man ein solches Auto ersparen. Doch zur Auslieferung an Zivilisten kam es nicht mehr, stattdessen wurden für die Wehrmacht 55 000 Kübelwagen gebaut und die Sparer hatten ihr Geld verloren.

Ende des Zeppelinfluges

Am 6. Mai 1937 explodierte das Luftschiff „Hindenburg" aus Frankfurt kommend nach seiner Atlantiküberquerung beim Andocken am Haltemast in Lakehurst, USA. 35 Passagiere und ein Arbeiter kamen ums Leben, wie durch ein Wunder überlebten 62 Menschen. Damit ging die Ära des deutschen Luftschiffverkehrs zu Ende. Reichsluftfahrtsminister Hermann Göring ordnete die Einstellung des Luftschiffsdienstes an.

Vergebliche Bemühungen um Frieden

Viscount Halifax bemühte sich als Gesandter Englands bei einem Besuch auf Hitlers „Berghof" am 19. November 1937 durch Zugeständnisse, Hitler zum Frieden zu bewegen. In Bezug auf die deutschen Expansionsabsichten erklärte Halifax, Großbritannien würde eine Veränderung der Grenzen in Europa auf friedlicher Basis tolerieren.

Das Pogrom vom 9. November 1938

Wir waren noch zu klein um recht zu begreifen, was da plötzlich los war. Synagogen brannten, Schaufenster wurden eingeschlagen, Waren auf die Straße geworfen und zertrampelt, Geschäftsleute wurden verprügelt und Polizei und Feuerwehr sahen einfach zu. Jüdische Wohnungseinrichtungen wurden zu Spottpreisen versteigert. Die Juden abtransportiert. Unsere Eltern hielten sich mit Erklärungen zurück mit der bekannten Ausrede: „Dafür seid ihr noch zu klein.".

Der Krieg bricht aus

Die Ereignisse überstürzten sich: Am 15. März 1939 zerschlug Hitler mit der Wehrmacht endgültig die Tschechoslowakei. Am 23. März besetzte die Wehrmacht das Memelland. Am 31. Mai 1939 erklärte das japanische Hauptquartier, halb China sei erobert, bei 60 000

Der Abschied von der Freundin

Toten auf japanischer Seite und 2,2 Millionen Toten auf chinesischer Seite. Am 23. August 1939 schloss Hitler mit Stalin einen Pakt, der ihm zunächst den Rücken im Osten frei hielt.

Und dann brach der Krieg aus. September 1939: Aus den Volksempfängern dröhnte Militärmusik und man erklärte uns, die bösen Polen hätten einen Sender überfallen, und jetzt würden die Deutschen sich zur Wehr setzen. Tatsächlich hatte Hitler den Überfall auf den deutschen Sender fingiert, um sich einen propagandistischen Anlass für seinen Angriff auf Polen zu verschaffen. Hitler ließ die Wehrmacht in Polen einmarschieren.

In den Städten, fingen für uns Kinder „aufregende" Zeiten an. Die Fenster mussten abends verdunkelt werden. Ein Luftschutzkeller wurde im Haus eingerichtet. Ein älterer Mitbewohner war plötzlich „Luftschutzwart". Auf den Etagen wurden Sandeimer und Feuerpatschen zum Löschen bereitgestellt, nur feindliche Flieger gab es zunächst noch nicht. Jetzt durften wir sogar ins Kino und konnten in der Wochenschau sehen, wie unsere Stukas (Sturzkampfbomber) ihre verheerende Wirkung über Warschau entfalteten.

Unsere älteren Brüder nahmen Abschied von uns daheim und von Ihren Freundinnen und gingen an die Front.

Schon sehr bald waren auch auf unserer Seite die ersten Verluste eingetreten und selbst uns Kindern wurde langsam klar, was damit gemeint war, jemand sei „gefallen". Verwundete gab es natürlich auch, und in vielen Familien tauchten die ersten Fotos aus dem „Lazarett" auf.

Kriegshochzeit

Kurzurlaub zur Kriegshochzeit

Viele der älteren Brüder benutzten einen Kurzurlaub, um endlich ihre Verlobte zu heiraten, was dann Anlass für eine kleine Familienfeier war.

Bei so einer Feier fiel Peter etwas unangenehm auf: Gutes Essen war schon nicht mehr so ganz leicht zu haben, und die Kinder, die an der Feier teilnehmen durften, saßen zusammen an einem Tisch und wurden zuerst bedient. Es gab unter anderem ein gekochtes Huhn, und als die Platte zu den Erwachsenen kam, rief Peter über den ganzen Tisch weg seinem Vater zu: „Vater, du brauchst die Brust nicht zu suchen, die habe ich schon genommen.", was ein tolles Gelächter hervorlockte.

Flakscheinwerfer am Himmel

Am 3. September erklärten England und Frankreich Deutschland den Krieg, und die Erwachsenen machten doch teilweise sehr bedenkliche Gesichter. Im Radio jagte eine Sondermeldung die andere, und sogar wir Kinder begriffen, dass wir an allen Fronten siegten. Was haben unsere U-Boote Schiffe versenkt. Von den Tragödien auf See, mit den untergehenden Seeleuten, hatten wir als Kinder ja keine Vorstellung.

Auf dem Land war es ja, was den Luftkrieg anbetraf, noch ruhig, aber in den westlichen Städten kamen schon die ersten feindlichen Flieger in der Nacht. Anfangs war es interessant, die Finger der Flakscheinwerfer am Himmel zu beobachten. Dann hatten sie ein Flug-

Das Flakfeuer zeichnet bizarre Figuren in den Nachthimmel

zeug mit mehreren Scheinwerfern erfasst und die Flak eröffnete eine Kanonade auf dieses Flugzeug. In unserer Nähe stürzte ein Bomber mit voller Bombenlast mit durchheulenden Propellern in ein Haus und riss dieses samt zwei angrenzenden Häusern mit allen Bewohnern in den Tod.

Beliebt war unter uns Kindern das Sammeln von Splittern der Flakgeschosse, die auf die Erde herunterfielen. Einige unserer Freunde behaupteten, an den Farbspuren auf den Splittern das Kaliber der Geschütze ablesen zu können.

Unsere Väter waren meistens im ersten Weltkrieg Soldat gewesen und hatten den mörderischen Wahnsinn moderner Waffensysteme schon am eigenen Leib erlebt. Peters Vater war halbwegs heil wieder zurückgekommen, aber mein Vater war schwer kriegsbeschädigt. Die Begeisterung über die Anfangserfolge hielt sich bei ihnen sehr in Grenzen! Der Luftkampf im Ersten Weltkrieg war noch eine fast sportliche Angelegenheit unter sehr guten Fliegern! Aber moderne Flächenbombardements waren doch eine schlimmere Dimension der Vernichtung! Peters Vater hatte als Andenken noch einen so genannten „Fliegerpfeil" aufbewahrt! Das war ein etwa zwölf cm langer Eisenstab mit verdickter Spitze, der aus den Flugzeugen rausgeworfen wurde über der feindlichen Frontlinie. Theoretisch sollte er sich von oben in den Feind bohren, aber der praktische Erfolg war eher lächerlich! Unter den Erwachsenen hörten wir sehr besorgte Meinungen, wie der Krieg sich wohl entwickeln würde. Nicht alle glaubten an den so genannten „Endsieg".

1940-1943

Der Krieg in Europa tobt

Das 11. bis 14. Lebensjahr

Ärger in der Schule

Die meisten Eltern waren mit der „Jugendarbeit" der NSDAP einverstanden, aber eben doch nicht alle. Sowohl Peters Vater als auch unser Vater hielten absolut nichts von Jungvolk und Hitlerjugend und verboten uns, dem Jungvolk beizutreten.

Das gab Ärger in der Mittelschule, die wir inzwischen mit Begeisterung besuchten. Der Unterricht war sehr viel interessanter als auf der Volksschule. Besonders die Exkursionen ins Freie, unter Führung der jeweiligen Lehrer, machten uns Spaß. Leider war unser Deutschlehrer ein fanatischer Nazi und drohte, er würde uns von der Schule verweisen, wenn wir nicht in Kürze den Mitgliedsausweis vom Jungvolk vorweisen würden.

Unseren Vätern wurde das zu dumm. Mit einer Wohnung in der Nähe vom Hauptbahnhof, ohnehin als Bombenziel prädestiniert, brachten sie uns in einem kleinen Dorf in Österreich – damals „Ostmark" – bei einem Großbauern unter.

Werbung für die Hitlerjugend

Chronik

22. August 1940
Britische Flugzeuge bombardieren die Scheinanlage des Stuttgarter Hauptbahnhofs. Es handelt sich um kürzlich errichtete Hallen- und Gleisattrappen.

29. Oktober 1940
Aufgrund ihrer vertraglichen Beistandsverpflichtungen landen britische Truppenverbände auf der griechischen Insel Kreta.

19. Februar 1941
In der Heilanstalt Bethel bei Bielefeld beginnt eine Ärzte-Kommission mit der Aussonderung von Kranken für die Ermordung in „Euthanasie"- Anstalten.

30. April 1941
Im Irak beginnen antibritische Regierungstruppen mit der Einschließung des britischen Luftwaffenstützpunktes Habbannijja. Der Ölkrieg im Irak beginnt.

14. August 1941
Deutsche Truppen besetzen das Erzgebiet Kriwoi Rog im Dnjepr-Bogen, das die UdSSR zu 60 % mit Erz versorgt.

30. Januar 1942
Zum Jahrestag der Machtübernahme spricht Adolf Hitler im Berliner Sportpalast und prophezeit die „Vernichtung des Judentums" bis zum Kriegsende.

15. April 1942
In der deutschen Presse wird Hausfrauen ein „Brotaufstrich aus Schafgarbe, Schnittlauch, Sauerampfer, Petersilie, etwas Essig und Salz" empfohlen.

25. Juli 1942
Der In Deutschland als „unerwünscht" eingestufte Schriftsteller Erich Kästner erhält die Erlaubnis für Drehbucharbeiten zu dem Film „Münchhausen".

24. April 1943
Die Alliierten treten in Tunesien zur Umklammerung der Heeresgruppe Afrika an. In Deutschland verbreitet sich die Befürchtung über ein „zweites Stalingrad".

13. Oktober 1943
Unter Ministerpräsident Pietro Badoglio erklärt die italienische Regierung Deutschland den Krieg und tritt an die Seite der Alliierten.

Der Kuhstall war riesengroß für uns Kinder

Ein neues Leben im Exil

Wie bei vielen Kindern, die aus Sicherheitsgründen von ihren Eltern oder von Amtswegen evakuiert wurden, gab es viel Neues zu verarbeiten. Schönes und auch Unangenehmes.

Um mit dem Schönen anzufangen: Für uns Großstadtkinder waren auf diesem großen Bauernhof die Tiere sehr interessant. Außer den üblichen Kühen, Schweinen und Hühnern hatte der Bauer eine große Pferdezucht und auch den Zuchtbullen für die Kühe der Umgebung im Stall. Und erst die vielen Jungtiere. Eine der Stuten hatte ein Stutenfohlen. Der Sohn vom Bauern hat uns mit viel Geduld erklärt, was für uns als Stadtjungen zunächst vollkommen fremd war. Zum Beispiel: dass die Fohlen immer genau die Gangart der Mutter laufen. Trabt die Mutter, trabt das Fohlen. Galoppiert die Mutter, galoppiert das Fohlen. Besonders lustig war es, wenn das Fohlen bei seiner grasenden Mutter zum Zeitvertreib Bocksprünge vollführte oder sich mit Genuss im Gras wälzte und fast Purzelbaum dabei schlug.

Die Verständigung war anfangs schwierig, weil nur in der Schule hochdeutsch gespro-

In der großen Bauernstube war es sehr gemütlich

chen wurde, ansonsten Dialekt. Als Kind lernt man aber sehr schnell Sprachen, und nach wenigen Wochen waren wir sprachlich von den einheimischen Kindern nur durch den Akzent zu unterscheiden.

Eine kleine Katastrophe gab es, als unsere Mütter uns mal besuchen kamen. Ohne groß nachzudenken, sprachen wir natürlich österreichischen Dialekt. Meine Mutter fing an zu weinen und jammerte: „Ich verstehe ja mein eigenes Kind nicht mehr." Da auch Peters Mutter verständnislos ihren Sohn beäugte, haben wir schnell auf Hochdeutsch umgeschaltet.

Scharen von Zwangsarbeitern

Wo Fabriken Kriegsmaterial produzierten, sahen wir ganze Scharen von so genannten Zwangsarbeitern überwiegend aus Polen und der

Zwangsarbeiter in einem Rüstungsbetrieb

Sowjetunion, aber auch aus westeuropäischen Ländern. Was wir damals natürlich nicht wussten war, dass es insgesamt sieben Millionen waren, mit den Gefangenen zusammen gar 14 Millionen, von denen nach dem Krieg noch 8,5 Millionen in Deutschland lebten.

Die Arbeits- und Lebensbedingungen vor allem für osteuropäische Zwangsarbeiter waren menschenunwürdig, viele gingen daran zugrunde. Sie waren in Lagern untergebracht, der Kontakt zu Deutschen war Ihnen untersagt.

Das neue Schlafzimmer

Coventry nach dem Luftangriff: Die Kreise kennzeichnen Bombentrichter, die Rechtecke zerstörte Fabrikanlagen.

Beginn des Luftkrieges

Am 13. August 1940 eröffnet Hitler die Luftschlacht gegen England. Doch der deutschen Luftwaffe gelingt es nicht, die britische Lufthoheit zu brechen.

Am 14. November 1940 zerstört die deutsche Luftwaffe weitgehend die englische Stadt Coventry. 65 000 der 75 000 Gebäude werden zerstört (auch die St.-Michaels-Kathedrale) und fast 600 Menschen kommen ums Leben.

Der Bombenkrieg wird schlimmer

Von zu Hause kamen schlimme Nachrichten. Bei Bombenangriffen wurden unsere beiden Eltern „ausgebombt", wie man das nannte. Aber das so genannte „Kriegsschädenamt" beschaffte in kürzester Frist Ersatzwohnungen, ließ die zerstörten Wohnungen wieder aufbauen, und hinterher hatten die meisten Betroffenen schöneres Mobiliar als vorher. Dadurch konnte die Moral aufrecht erhalten werden.

Irrtümer geschehen

Wegen mangelnder geographischer Kenntnisse bombardieren am 22. Dezember 1940 britische Bomber das hell erleuchtete Zürich mit 55 Spreng- und Brandbomben. Elf Menschen werden verletzt. Eine Woche davor war versehentlich Basel angegriffen worden.

Hier war die Welt für uns Kinder noch „in Ordnung"...

„Heile Welt" auf dem österreichischen Lande

In der Nähe vom Hof war ein Ententeich, ein richtiger Entenpfuhl. Der Boden war dick mit Entendreck und Modder bedeckt und das Wasser reichte mir etwa bis zum Hals. Ich machte mir einen Spaß daraus, in der Badehose in diesem Pfuhl auf einem Bein herumzuhüpfen, mit den Armen Schwimmbewegungen zu machen und so den Eindruck des „Schwimmens" vorzutäuschen.

In der Nähe lag eine Einheit der Waffen-SS, und ein baumlanger Soldat kam zum Teich und fragte mich: „Kann man in dem Teich schwimmen?" Ich sagte arglos: „Klar." und dieser Trottel nahm einen kurzen Anlauf und sprang mit kühnem Kopfsprung in die Brühe. Ergebnis: Der halbe Kerl ragte mit den Beinen aus dem Wasser, Kopf und Oberkörper steckten im Modder. Als er fluchend auftauchte, halb weiß und halb

Nicht überall waren Flüchtlinge so willkommen, wie in unserem österreichischen Dorf

schwarz, habe ich natürlich geschrieen vor lachen. Das brachte mir erst eine Tracht Prügel ein, aber dann sah der Mensch ein, dass er selber schuld war an seinem Missgeschick. Nachdem ich ihm meine „Schwimm-Imitation" erklärt hatte, versprach er mir, im Schwimmbad der nahe gelegenen Kreisstadt das Schwimmen beizubringen. Er hat Wort gehalten, und seitdem kann ich schwimmen.

Wir hatten mit unserem österreichischen Dorf ja wirklich Glück. Andere Altersgenossen trafen es nicht so gut. Viele Familien mussten ihre angestammten Wohnsitze verlassen. Teils wurden sie vom Bombenkrieg vertrieben, teils wurden die Familienväter in Rüstungsbetrieben eingesetzt, die oft weit entfernt vom ursprünglichen Wohnort lagen. Nicht überall waren die Ortsfremden willkommen. Immer mehr Männer wurden zur Wehrmacht eingezogen, und die Frauen, die nach nationalsozialistischer Auffassung eigentlich für Familie und Kinder da sein sollten, wurden häufig als Ersatz für die fehlenden Männer eingesetzt. Diese Tendenz verschärfte sich im Lauf der Kriegsentwicklung immer krasser. Auch Kriegsgefangene und Zwangsarbeiter kamen immer öfter zum Einsatz.

„Unternehmen Barbarossa"

Unter Verletzung des Nichtangriffspaktes fallen deutsche Wehrmachtsverbände am 22. Juni 1941 auf breiter Front in der UdSSR ein. Der als Blitzkrieg geplante Angriff kommt durch den Wintereinbruch vor Moskau zum Stehen. Die Sowjetunion bricht nicht wie von der NS-Führung erwartet auseinander. Die Rote Armee holt zu Gegenoffensive aus und zwingt die Deutschen zum Rückzug.

Der Schnee konnte den Schulweg ganz schön beschwerlich machen

Spaß in der Hauptschule

Wir Landkinder hatten meistens lange Schulwege von mehreren Kilometern zu Fuß zurückzulegen. Der Schnee im Winter hüllte das ganze Dorf in eine dicke Decke, dadurch wurde der Weg zur Schule doch sehr beschwerlich.

Der Umzug in eine kleine Stadt und der Wechsel auf eine höhere Schule (in Österreich damals die so genannte „Hauptschule") brachten für mich und meinen Freund Peter damals Erleichterung. Das war ja doch ein anderes Lernen, als in der kleinen Volksschule auf dem Dorf. Für jedes Fach eine eigene Lehrerin, oder meistens einen Lehrer, und die verstanden es, den Unterricht interessant zu machen.

Und ein paar herrliche Originale waren dabei: Unser Englischlehrer war wohl einer der Österreicher, die mit dem so genannten Anschluss an das Reich nicht einverstanden waren.

Vorschrift war, dass der Unterricht mit „Heil Hitler" zu beginnen hatte, aber er kam in die Klasse mit einem fröhlichen „Good morning boys and girls.". Die wütenden Proteste und Ermahnungen des Schuldirektors konterte er mit wohlbegründeten pädagogischen Prinzipien: Zum Erlernen einer Fremdsprache habe es sich als hilfreich erwiesen, mit den Schülern grundsätzlich nur in dieser Sprache zu sprechen. Er praktiziere dies mit gutem Erfolg seit Jahrzehnten und sei im Übrigen leider außerstande „Heil Hitler" in würdiger Form ins Englische zu übersetzen. Dieser Lehrer sprach tatsächlich mit uns nur Englisch, und wir hatten viel Spaß an diesem Sprachunterricht.

Verwundeter im Lazarett

Krieg mit Russland

Am 6. April 1941 wurden Belgrad und Athen erobert. Das gehörte schon zur Vorbereitung des Angriffes auf Russland. Man erzählte uns aber nur, die Engländer hätten Griechenland räumen müssen.

Sehr aufgeregt waren die Erwachsenen, als am 22. Juni 1941 der Angriff auf die Sowjetunion begann. Auf der Landkarte zeigten sie uns das riesige Gebiet und erzählten uns, wie verhängnisvoll ein Zweifrontenkrieg sei. Wir hörten aber nur weiter im Radio immer neue Siege und Erfolge unserer Wehrmacht. Natürlich waren wir zu klein, um die Bedenken der Erwachsenen zu begreifen. Aber Peters Bruder, der bei einer so genannten „Vorausabteilung" war, wurde gleich am dritten Tag in Russland verwundet und kam ins Lazarett.

Japan im Krieg mit Amerika

Am 7. Dezember 1941 griffen die Japaner aus der Luft den amerikanischen Flottenstützpunkt Pearl Harbor an. Am 8. Dezember erklärte Japan offiziell den USA, Großbritannien, Kanada und Australien den Krieg. Am 11. Januar 1942 schloss sich das Deutsche Reich und Italien an. Die USA erwiderten Ihre Kriegserklärung am folgenden Tag.

Der Angriff auf den Flottenstützpunkt auf der Hawaii-Insel Oahu erfolgte ohne vorherige Kriegserklärung. 360 japanische Flugzeuge griffen an und versenkten sieben Schiffe der Amerikaner. Drei Flugzeugträger der Amerikaner befanden sich auf hoher See und entgingen so der Zerstörung.

Mehr als 2400 Amerikaner starben und 1100 wurden verwundet. In Amerika kam es in der Folge in mehreren Städten zu Übergriffen gegen japanische Bürger. Mehrere tausend Japaner wurden interniert.

Die Deutsche Regierung war bestürzt über diesen Angriff der Japaner. Hitler wollte auf keinen Fall die Amerikaner als Gegner haben, wegen ihrer wirtschaftlichen Überlegenheit!

So sah die Grenze zur Schweiz vor der Befestigung aus!

Reichsarbeitsdienst

Einer der größeren Brüder war beim Reichsarbeitsdienst eingeteilt, um entlang der deutschen Grenze zur Schweiz einen vier Meter hohen und vier Meter tiefen Stacheldrahtverhau zu errichten, der Fluchtversuche in die Schweiz erschweren sollte.

Der Reichsarbeitsdienst, der 1935 zur Bewältigung der Arbeitslosigkeit ins Leben gerufen wurde, war zunächst für junge Männer zwischen 18 und 25 Jahren obligatorisch. Mit Kriegsbeginn wurde die Arbeitsdienstpflicht auch auf junge Frauen ausgeweitet. Es handelte sich bei den Einsätzen um einen „Ehrendienst am deutschen Volke". Die männlichen Arbeitsgruppen unterstützten im Krieg als Bau- und Instandsetzungstrupps die Wehrmacht und die Flak, die weiblichen Gruppen übernahmen karitative Aufgaben und halfen in der Landwirtschaft.

Und so hat der Reichsarbeitsdienst das Fluchtloch mit Stacheldraht zugemacht!

Söhne in Uniform

Soldaten im Bunker an der Front

Der unselige Krieg geht weiter

Inzwischen waren wir alt genug, um besser zu verstehen, was Krieg heißt. In der Schule mussten wir regelmäßig den „Wehrmachtsbericht" lesen, der von unserem Lehrer dann sehr optimistisch kommentiert wurde. Viele Eltern hörten aber heimlich die so genannten Feindsender ab, wie Stimme Amerikas, BBC London, Moskau, sodass wir doch Einiges von der wirklichen Lage mitbekamen. In der Familie kamen auch Fotos aus dem Soldatenleben der älteren Brüder zur Sicht.

Urlaub gab es immer seltener
für unsere Brüder an der Front

Als Offiziersfahrer mit Adler Trumpf-Junior
und Hund bei der Flak in Belgien

Nach einem Bombenangriff

Bombenteppiche auf deutsche Städte

Im Laufe des Jahres 1942 gewannen die Alliierten die Lufthoheit über Europa. Die Bombenangriffe auf die Großstädte wurden immer heftiger, ganze Straßenzüge wurden durch die Angriffe völlig zerstört, viele Häuser waren gar nicht mehr oder nur noch teilweise bewohnbar. So zum Beispiel nach dem britischen Angriff am 28. März 1942 auf Lübeck. Dabei starben 320 Menschen und 785 Personen wurden zum Teil schwer verletzt. Um Panik zu verhindern, wurden aber nur gefälschte Zahlen bekannt gegeben (50 Tote, 200 Verletzte).

Ähnlich ging es weiter, am 30./31. Mai 1942 ein Angriff mit 1047 Bombern auf Köln, wobei allein 45 000 Einwohner ihre Wohnungen verloren.

DR. GOEBBELS:

DREISSIG KRIEGSARTIKEL für das DEUTSCHE VOLK

19 43

Zentralverlag der NSDAP., Franz Eher Nachf. GmbH. München-Berlin

Der Krieg wird härter – die Schule fällt aus

Die Zeitungen brachten den Erwachsenen schlimme Meldungen.

2. Februar 1943: Die sechste Armee kapituliert in Stalingrad. Die Stadt war total zerstört. Von ursprünglich 600 000 Einwohnern lebten nur noch 30 000 in den Ruinen. Auf die deutschen Soldaten kamen lange Jahre einer schrecklichen Gefangenschaft zu, die nur wenige von ihnen überlebten.

Leider wurden die Seiten mit den „Gefallenen-Anzeigen" immer umfangreicher und in jeder Familie wurde das Eintreffen der „Feldpostbriefe" mit großer Sorge erwartet. Oft musste man sehr lange warten, bis endlich wieder eine Nachricht kam, die verkündete, dass Mann, Bruder oder Sohn noch lebte.

In der Schule bekamen wir im Gefolge der „Sportpalastrede" von Propagandaminister Goebbels als Heftchen die „Dreissig Kriegsartikel für das deutsche Volk." Die wurden gemeinsam gelesen und vom Lehrer gut eingepaukt.

Unaufhaltsam näherte sich die Front von Belfort und den Vogesen her. Unsere beiden zwangsrekrutierten elsässischen Lehrer verschwanden spurlos von der Bildfläche, als die Alliierten große Teile von Frankreich zurückerobert hatten. Der Schulunterricht wurde eingestellt.

Bombenangriffe Tag und Nacht

Nachts griffen die Engländer an, tagsüber die Amerikaner. So ging das bis zum Juni 1943. Vom 11. zum 12. Juni 1943 fielen allein auf Düsseldorf 2000 Bomben. 120 000 Menschen wurden obdachlos. Viele andere Städte wurden in Schutt und Asche gelegt: Bochum, Oberhausen, Mülheim, Krefeld, Wuppertal-Elberfeld und viele andere.

Auf den Dörfern waren wir weitgehend von diesen schrecklichen Bombenangriffen verschont. Daher kamen immer mehr Stadtkinder in die Kinderlandverschickung.

Die Kinderlandverschickung (KLV)

Bis Kriegsende wurden rund 2,5 Millionen Jungen und Mädchen in ländliche Gebiete evakuiert und in Lagern untergebracht. Die NS-Propaganda tarnte die Kinderlandverschickung (KLV) als gesundheitlich begründete Ferienreisen für Stadtkinder. Die KLV bot den Kindern Schutz vor dem Krieg, gleichzeitig konnte politisch und ideologisch Einfluss auf sie genommen werden. Während die Kinder dort Wochen und Monate verbrachten, wurden ihre Mütter verstärkt in der Rüstungsindustrie eingesetzt.

In der Verordnung zur Kinderlandverschickung von 1940 heißt es:

„Der Führer hat angeordnet, daß die Jugend aus Gebieten, die immer wieder nächtliche Luftalarme haben, auf der Grundlage der Freiwilligkeit in die übrigen Gebiete des Reiches geschickt wird. (...)

(...) Nach einer Anordnung des Führers ist jedoch hierbei nicht von einer Evakuierung, sondern lediglich von einer Landverschickung der Großstadtjugend zu sprechen."

Auf dem Land waren wir sicher

Die eigenen Waffen schlagen zurück

Unsere Eltern machten sich Sorgen, wie es weitergehen sollte, wenn die Franzosen unser Gebiet erreichen würden. Sie beschlossen uns in Sicherheit zu bringen, diesmal nach Würzburg.

Die sehr umständliche Zugreise werden wir wohl nie vergessen, mit dauernden Aufenthalten und Fliegeralarm. Endlich in Würzburg angekommen, verließen wir das Bahnhofsgebäude. Kaum auf dem Vorplatz angekommen, kamen zwei Jagdflugzeuge im Tiefflug angerast. Wir ließen alles fallen und nahmen volle Deckung. Die Leute um uns herum blieben stehen und brachen in schallendes Gelächter aus. Mein Vater rappelte sich fluchend wieder hoch und fragte wütend, ob man hier noch nie was von Tieffliegern gehört habe. Die Erklärung kam prompt: Es handelte sich um Messerschmitt-Jagdflugzeuge vom nahe gelegenen Flugplatz Eibelstadt. Wir wussten vor lauter Feindflugzeugen gar nicht mehr, dass es auch noch eigene Flieger gab.

In Würzburg war noch alles heil wie vor dem Krieg. Es ging auf Weihnachten zu und wir hatten Ende 1944 immer noch keine großen Fliegerangriffe auf Würzburg. Mein Vater war bei mir zu Besuch und zeigte gerade meiner Pflegemutter, wie man mit einem einzigen Ei, Mehl und Milch eine erhebliche Menge Rührei künstlich herstellen kann, als es unheimlich wurde. Plötzlich erfüllte ein nie gehörtes Geräusch den nächtlichen Himmel. Es war zunächst ein leises Wummern, das sich rasch zu einem infernalischen Dröhnen steigerte, das plötzlich abriss. Im nächsten Moment hörten wir auf dem anderen Mainufer eine krachende Explosion.

Der Schein trügt

Wir hatten uns in Erwartung hereinfliegender Glassplitter alle drei flach auf den Küchenboden gelegt, als das gleiche unheimliche Geräusch ein zweites Mal rasch näher kam. Wieder riss das Geräusch auf dem Höhepunkt ab, und nach wenigen Sekunden gab es auf der anderen Mainseite einen zweiten, weithin dröhnenden Krach. Dann war Ruhe. Wir gingen auf die Straße, wo noch viele aufgestörte Menschen herumdiskutierten, was das wohl gewesen sein könnte. Auf der anderen Mainseite, unterhalb der Festung, waren zwei Häuser vollkommen zerstört, ohne Fliegeralarm und ohne Flugzeuge. Später hieß es, die Alliierten hätten an der Kanalküste erbeutete V1-Bomben von abschussklaren Rampen aus versuchsweise auf Würzburg ausgerichtet. Unheimlich genug, unsere Eltern dazu zu bringen, uns von Würzburg wieder in eine ländliche Gegend zu bringen.

Das Kriegsende und die harte Nachkriegszeit

1944–1948

Das 15. bis 18. Lebensjahr

Landung in der Normandie

Am 6. Juni 1944 waren die Alliierten mit einer riesigen Armee in der Normandie gelandet und sogar uns war klar, dass die Front unaufhaltsam näher kam. In der Schule hatte man uns noch weis gemacht, die angreifenden Bomber würden von Nachtjägern bei jedem Angriff stark dezimiert. Dazu gab es ein schönes Bild: „Die Schlacht im Dunkeln“. Aber die Erwachsenen klärten uns darüber auf, dass wir kaum noch einsatzfähige „Nachtjäger“ hätten.

Am 16. Dezember 1944 begann an der Westfront die von Hitler befohlene Ardennen-Offensive, die aber wegen der deutlichen Luftüberlegenheit der Alliierten scheiterte.

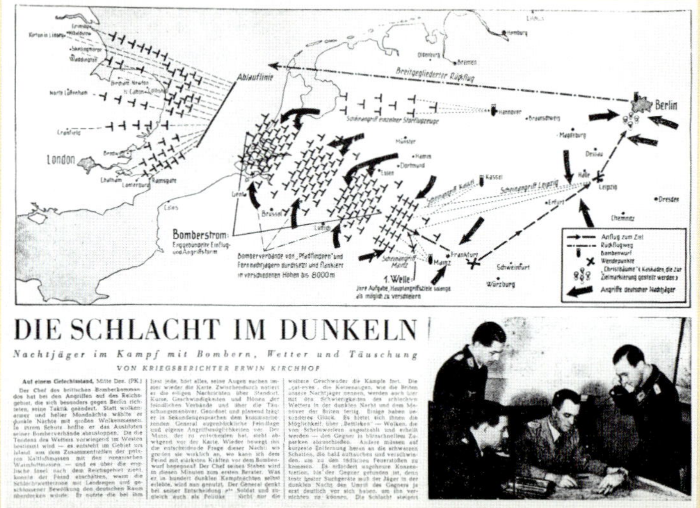

Chronik

29. Januar 1944
Reichsminister Martin Bormann fordert angesichts des Geburtenrückgangs die Bigamie und die Zeugung außerehelicher Kinder nach Kriegsende.

12. Mai 1944
Die Rote Armee erobert die Krim, die Alliierten beginnen eine Luftoffensive gegen die Leunawerke bei Merseburg.

23. August 1944
Der ehemalige Oberbürgermeister von Köln und spätere Bundeskanzler Konrad Adenauer wird verhaftet und in das Lager Köln-Deutz gebracht.

17. April 1945
Die Reste der im Ruhrgebiet eingekesselten deutschen Truppen ergeben sich. 325 000 Soldaten geraten in Kriegsgefangenschaft.

24. Januar 1946
In Baden-Baden richtet die französische Besatzungsmacht den Südwestfunk ein.

16. April 1946
Im Wolfsburger Volkswagenwerk läuft der tausendste PKW seit Kriegsende vom Band.

2. Dezember 1946
Die englische und die amerikanische Besatzungszone werden zur Bizone vereinigt!

22. März 1947
In den USA wird unter Leitung von FBI Chef J. Edgar Hoover eine „Säuberung" der Verwaltung von unamerikanisch gesonnenen Personen eingeleitet.

21. August 1947
87 078 deutsche Kriegsgefangene in Frankreich nehmen das Angebot der französischen Regierung an, als freie Mitarbeiter im Land zu bleiben.

28. Januar 1948
Vertreter der USA, Großbritanniens und Frankreichs einigen sich in Paris darauf, dass die Franzosen die gesamte im Saargebiet geförderte Kohle erhalten.

20. Oktober 1948
Der politische Ausschuss der UNO in Paris lehnt den Vorschlag der Regierung der UdSSR ab, alle Atomwaffen zu zerstören.

„Frau meiner Träume"

Kino als Ablenkung vom Krieg

Mit der Alterskontrolle nahm man es an den Kinokassen mitten im Krieg nicht mehr so genau, und so konnten wir vierzehnjährig den Film: „Die Frau meiner Träume" (1944) mit Marika Rökk bewundern. Ebenfalls für immer unvergesslich: die „Feuerzangenbowle" (1944) mit Heinz Rühmann. Der Film wurde zunächst von den Nationalsozialisten wegen „Respektlosigkeit gegen Autoritäten" verboten. Rühmann selbst erreichte nach einem Besuch im Führerhauptquartier dessen Freigabe.

Diese Art von leichten Unterhaltungsfilmen diente während des Krieges dazu, uns bei Laune zu halten und vom Elend des Alltagslebens abzulenken.

„Feuerzangenbowle"

Der Alemanne
KAMPFBLATT DER NATIONALSOZIALISTEN OBERBADENS
Die größte täglich erscheinende Zeitung Oberbadens
Der amtliche Verkünder für die oberbadischen Behörden
Freiburg i. Br. den 5. Oktober Donnerstag
Kämpfen, arbeiten und standhaft bleiben!
größere Härte, noch tieferer Fanatismus werden den verhaßten Feinden Einhalt gebieten - Reic
ster Dr. Goebbels in einer frontnahen Stadt des Westens - Unser Sieg nur eine Frage des Durchhalt

„Der Alemanne" vom 5. Oktober 1944

Der Alemanne
KAMPFBLATT DER NATIONALSOZIALISTEN OBERBADENS
Die größte täglich erscheinende Zeitung Oberbadens
Der amtliche Verkünder für die oberbadischen Behörden
gang 1944 / Folge 325 Freiburg i. Br., den 13. Dezember Mittwoch
Vom deutschen Abwehrfeuer schwer gefaßt
nordamerikanischen Durchbruchsversuche östlich Aachen - Weiterhin harte Kämpfe beiderseits der unteren Vo

„Der Alemanne" vom 13. Dezember 1944

Zwischen den Fronten

Mit Neujahr 1945 fing ein sehr turbulenter Lebensabschnitt für viele von uns an. Im Osten waren die Russen tief in unser Land eingedrungen und im Westen die Alliierten. Die Zeitungen forderten zum „Durchhalten" auf oder gaukelten „Erfolge" vor.

Schulunterricht hatten wir keinen mehr. Das Leben auf dem Land war friedlich, und wir Kinder wurden gut behandelt und verpflegt. Aber nicht allen Kindern in unserem Alter ging es so gut. In den Städten war die Not größer: Wohnraum war knapp und die Versorgung mit Lebensmitteln katastrophal. Unser Kummer war, dass wir nichts mehr von unseren Eltern oder Geschwistern erfahren konnten. Post gab es keine, und so blieb uns nur übrig, die weitere Entwicklung der Dinge abzuwarten und das Beste zu hoffen.

Der Zugverkehr bricht zusammen

Am 23. Januar 1945 musste die Deutsche Reichsbahn wegen der starken Beschädigungen des Schienennetzes durch Bombardierungen den zivilen Schnell- und Eilzugverkehr einstellen.

Die Zerstörungen allerorten wurden immer unübersehbarer und das öffentliche Leben dadurch immer stärker eingeschränkt.

Trotz Krieg viel Spaß

Bei uns auf dem Gut, das wir gemeinsam mit der Bauersfamilie und Vertriebenen aus der UdSSR bewohnten, gab es im Stall zwei braune Pferde, richtige Ackergäule, denn oberhalb der Weinberge, auf der Hochebene, hatte der Bauer, wie hier üblich, Ackerland und Wiesen. Natürlich war es immer ein Hauptspaß, mit den Pferden vor dem Bauernwagen auf dem Kutscherbrett mitzufahren. Wassil, ein russischer Knecht auf dem Hof, redete mit den Pferden ukrainisch, und sie verstanden ihn so gut, dass er zum Lenken kaum die Zügel benutzen musste, geschweige denn die Peitsche. Das hat mir sehr imponiert. Hin und wieder wurden die Pferde in den Main geritten zum Putzen. Das Wasser war sehr kalt, die Pferde wurden geschrubbt und hielten brav still, und auf dem Heimweg legte ich mich mit meiner Badehose dem breiten Gaul auf den Rücken. Das war herrlich warm, und dass ich hinterher nach Pferd roch, war mir mit meinen 15 Jahren egal. In solchen Momenten konnte man den Krieg eben auch mal vergessen.

Ein bunt gemischtes Völkchen

Einheimische und Fremde unter einem Dach

In der Kriegs- und Nachkriegszeit war es ganz verbreitet, dass Einheimische, Ausgebombte, Flüchtlinge und Vertriebene unter einem Dach lebten. Nicht immer gestaltete sich das Zusammenleben einfach, es konnte aber auch eine Bereicherung sein.

Sina, die Tochter eines Ehepaares aus Korosten in der UdSSR, die mit uns auf dem Hof lebte, ging in die deutsche Schule, so lange die noch in Betrieb war, und sprach recht gut Deutsch. Wir kamen auf die hervorragende Idee, uns gegenseitig Fremdsprachen beizubringen. Sie sollte von mir Englisch lernen und ich von ihr Russisch. Ohne jede Ahnung, wie man da vorgehen sollte, war ich der Meinung, am Anfang sei das Alphabet auf jeden Fall nicht schlecht. Ich brachte also der Sina schon mal das ei, bii, ciii, ... des englischen Alphabets bei. Aber dann kam sie, mit dem russischen Alphabet: öö, bö, wö, ... bis zu den Zischlauten tsch und tschsch. Das hörte sich bei ihr an wie Laute von einer kleinen Lokomotive, und ich fing schallend an zu lachen. Sina war beleidigt und der Sprachunterricht für immer beendet.

„Behelfsheime"

Die Wohnraumsituation in der Nachkriegszeit ist vor allem in den deutschen Städten dramatisch: 20 Millionen Menschen sind in Deutschland von der Zerstörung ihres Wohnraums betroffen, fast zwei Millionen Wohnungen, vor allem in den Großstädten, sind zerstört. Hinzu kommt, dass nicht nur Ausgebombte und Kriegsheimkehrer ein Dach über dem Kopf suchen, sondern auch die rund 10 Millionen Flüchtlinge und Vertriebenen aus den deutschen Ostgebieten, die nun in den Besatzungszonen der Westmächte Zuflucht suchen.

Eiligst errichtete Wohnlager wie Wellblechhütten, so genannte Nissenhütten, Baracken des ehemaligen Reichsarbeitsdienstes und andere Provisorien bleiben bis in die fünfziger Jahre für Hunderttausende von Flüchtlingen, Vertriebene, Ausgebombte und zur Zwangsarbeit nach Deutschland Verschleppte unfreiwilliger Wohnort.

Die Russen kommen

Im Januar 1945 drang die Rote Armee In Brandenburg, Pommern und Schlesien ein und rückte auf die Oder zu. Beim Vorstoß nach Westen südöstlich von Breslau überquerten Truppen der sowjetischen Ukrainischen Front die Oder. Breslau, von russischen Einheiten eingeschlossen, wurde Ende Januar von Hitler zur „Festung" erklärt und er erteilte den Befehl „Durchhalten". Ganze Häuserzeilen wurden zerstört, um den Russen die Deckung zu nehmen. Zwangsarbeiter und deutsche Zivilisten mussten im ständigen Feuer der russischen Belagerer eine Flugzeugrollbahn erbauen, für die ein ganzes Stadtviertel gesprengt wurde. Tausende kamen dabei um, benutzt wurde sie wohl nie.

„Und wir siegen trotzdem!"

Am 24. Februar 1945 ließ Hitler in München eine Rede verlesen, in der er trotz der aussichtslosen Lage eine „geschichtliche Wende" und den Sieg Deutschlands prophezeite, während die Fronten im Osten und Westen bröckelten. Der Glaube an den „Endsieg", den Hitler wenige Woche zuvor beschworen hatte, schwand sowohl in der Wehrmacht als auch in der Bevölkerung.

Die Fremdarbeiter und das Malteserhündchen

Spätestens nach der gescheiterten Offensive vor Moskau 1941 war der Einsatz so genannter Fremdarbeiter in großem Umfang für die deutsche Kriegswirtschaft unerlässlich. Man versuchte zunächst Arbeitskräfte aus der besetzten Sowjetunion als Freiwillige anzuwerben, was jedoch fast gänzlich scheiterte. Später ging man dann zur Zwangsrekrutierung über.

Der Vater von Sina war in der UdSSR Direktor der staatlichen Zuckerfabrik in Korosten. Dummerweise fiel er auf die deutsche Propaganda herein, die per Plakat verkündete, wer sich freiwillig zum Arbeitseinsatz nach Deutschland melden würde, bekäme eine Beschäftigung nach seinem derzeitigen Beruf, bliebe mit der Frau zusammen und die Kinder dürften auf die deutsche Schule. Im Glauben, er würde vielleicht Unterdirektor in einer deutschen Zuckerfabrik, hat sich Sinas Vater gemeldet. Er landete allerdings in Deutschland als Knecht auf dem Bauernhof und seine Frau als Magd. Die Tochter durfte wirklich die deutsche Schule besuchen. Sina hat mir immer erzählt, am schlimmsten sei es für sie gewesen, ihr weißes Malteserhündchen zurücklassen zu müssen.

Einer meiner Brüder war als Infanteriefunker bei den Rückzugsgefechten in Korosten dabei. Er erzählte mir nach dem Krieg einmal, heftige Kämpfe habe es um die Ruinen einer großen Zuckerfabrik gegeben. Mehrfach waren die Russen oder die Deutschen im Besitz dieser Ruinen. Aber immer tauchte, wenn Ruhe eingekehrt war, ein kleines, weißes Malteserhündchen von irgendwoher auf. Das arme Hündchen wurde abwechselnd von den Russen oder von den Deutschen liebevoll gefüttert. Davon war es so fett geworden, dass es nach Luft japsen musste, und die Soldaten hatten ihren Spaß damit. Es muss tatsächlich das kleine Malteserhündchen gewesen sein, dem Sina so nachgetrauert hat.

Würzburg in Schutt und Asche

Eine Nacht des Grauens

Am 16. März 1945 griffen die Engländer mit mehreren hundert Bombern die Stadt Würzburg an. Es war dasselbe Bomberkommando, das vorher Dresden in Schutt und Asche gelegt hatte. Innerhalb von zwanzig Minuten war Würzburg ein brennendes Inferno. Eine reine Lazarettstadt versank in Feuer und Brand, mit vielen Toten und Verletzten.

Etliche Überlebende fanden in unserem Dorf Unterkunft, und auch bei meinem Bauern war das Haus bis unters Dach mit „Ausgebombten" belegt. Wir sind am nächsten Tag mit dem Pferdewagen in die Stadt gefahren, um für die Ausgebombten noch Sachen aus den Kellern zu holen, falls da noch etwas zu holen war. Der Feuersturm hatte dicke Aktenbündel aus dem Bischofssitz bis nach dem 15 km entfernten Kitzingen verweht, wo man sie angesengt auf der Straße finden konnte.

Gefährliche Überbleibsel

Nicht alle Bomben, die auf Würzburg abgeworfen wurden, sind auch explodiert. In den umliegenden Weinbergen lagen viele Stabbrandbomben herum als Blindgänger. Wir hatten dann natürlich nichts Besseres zu tun, als mit diesen gefährlichen Überbleibseln zu spielen. Die Brandbomben waren durch verschiedenfarbige Ringe markiert und wir wussten genau, die mit einem roten Ring explodierten nach dem ersten Brandmasseaustritt noch einmal und schleuderten das brennende Zeug in die Gegend. Da ließen wir die Finger davon. Die anders markierten waren eher harmlos. Am unteren Teil des sechseckigen Stabes waren mehrere herausragende Zündstifte zu sehen. Die schlug man auf einen geeigneten Stein auf, es gab einen scharfen Knall, man legte die Brandbombe auf eine nicht brennbare Unterlage, zum Beispiel einen Steinhaufen. Nach wenigen Sekunden erhitzte sich der untere Teil der Bombe und ein brennender Brei ergoss sich über die Steine. Gestunken hat es natürlich auch, aber wir fanden das Ganze hochinteressant. Nur, wenn uns Erwachsene bei unserem Spielchen erwischten, gab es erheblichen Ärger.

Die Amerikaner kommen

Anfang April war es dann so weit. Die Deutschen Truppen mussten sich immer mehr zurückziehen. In Würzburg wurden die Brücken gesprengt. Wir hörten, dass sich die Reste einer SS-Panzerdivision in den Trümmern der Stadt Lohr am Main mit amerikanischen Panzern die letzte Schlacht, Panzer gegen

„Are you englishmen?"

Panzer, in dieser Gegend geliefert hätten. Die Reste der deutschen Panzer lagen dann vor Ochsenfurt am Main, aus der Luft zerstört, rechts und links neben der Straße.

Schließlich wurde auch unsere Mainbrücke gesprengt und immer mehr deutsche Soldaten kamen einzeln oder in Gruppen durch den Ort, warfen ihre Waffen weg und versuchten von den Bauern Zivilkleider zu bekommen.

Dann fuhr eine mächtige Kolonne Panzer mit weißen Sternen auf dem Turm auf der Hauptstraße ein. Die Kolonne stoppte, weil am Ende des Ortes ein Räumpanzer eine Straßensperre planieren musste. Ich wunderte mich, dass die Soldaten im Turm des Panzers schneeweiße Gesichter hatten. (Damals wusste ich noch nicht, dass das Brandschutzsalbe war, falls der Panzer brennen sollte.) Ich fragte mit meinem schönsten Englisch den Panzermann: „Are you englishmen?" Als Antwort kam im tiefsten Bass: „No, I am an american." Das waren also unsere ersten Amerikaner.

Armeeküche und Poststelle

Was haben wir gestaunt: Ein Gasthaus wurde zur Armeeküche umfunktioniert, und die Amerikaner waren kaum acht Stunden im Ort, da war das erste Essen fertig: Kalbsschnitzel, Erbsen und Möhren und Kartoffelbrei, samt einem Dessert aus Pudding. Leider wurden die Reste vom Essen in einer Grube verbrannt.

Und sogar Post hatten die Amerikaner. Einer zeigte mir einen Brief seiner Leute, der fünf Tage vorher in New York abgeschickt worden war, und jetzt war er hier in der vordersten Front.

Der Bruder in Gefangenschaft

Ein Bauer kam zu unserem Hof und sagte mir, er hätte Post für mich. Das war tatsächlich ein Brief von meinem Bruder. Er schrieb mir, er sei bei Berlin in amerikanische Gefangenschaft geraten und mit einem LKW-Transport auf dem Weg in ein Gefangenenlager bei Bamberg. Es gehe ihm gut und ich solle bleiben wo ich bin, bis jemand von der Familie käme. Den Brief hatte er in einem Dorf aus dem Lastwagen geworfen und Gott weiß durch wie viele Hände er gegangen ist, bis er zu mir kam.

Vielen Männern erging es wie meinem Bruder. Sie wurden als „Prisoners of War" in westeuropäische und nordamerikanische Gefangenenlager gebracht. Die Zahl der deutschen Kapitulationsgefangenen stieg nach Kriegsende von einer auf 7,5 Millionen, dadurch entstanden gravierende Versorgungsengpässe. Tausende starben an Hunger und Erschöpfung. Die meisten konnten die

Deutscher Soldat vor seinem Abtransport in die amerikanische Gefangenschaft

Das Wasser der Flüsse war durch den Krieg verseucht

Gefangenenlager jedoch nach einigen Monaten verlassen.

Am schlimmsten erging es den 3,3 Millionen deutschen Soldaten in sowjetischer Gefangenschaft, von denen viele in sibirischen Gefangenenlagern starben. Nur knapp zwei Millionen Gefangene kehrten nach Zwangsarbeit, Hunger und Krankheit aus der Sowjetunion nach Deutschland zurück, die letzten im Januar 1956.

Das Ende des Diktators

Am 30. April 1945 beging Hitler in seinem Bunker in Berlin Selbstmord. Die Propaganda log selbst da noch, Hitler sei im Kampf um Berlin gefallen. Am 8. Mai 1945 war dann der Krieg durch Kapitulation endlich zu Ende. In Deutschland und Österreich wurden Besatzungszonen eingerichtet.

Im Juni und Juli 1945 wurden in Deutschland bereits die ersten politischen Parteien neu gegründet.

Schwimmen kann gefährlich sein

Wir Jugendlichen gingen gerne im Main schwimmen. Peter hatte entdeckt, dass von der gesprengten Mainbrücke ein Jeep mit Lebensmittelrationen vom betrunkenen Fahrer in den Main gestürzt worden war. Diese so genannten K-Rationen waren sorgfältig in Wachs eingeschweißte Kartons als Not-Rationen für die US-Soldaten. Der Inhalt war toll. Gepresste Schokolade, salzige Plätzchen, Pulverkaffee, Milchpulver, Eipulver und kleine Konservendosen. Außerdem Minipackungen Zigaretten, mit denen wir bei den Erwachsenen Punkte machen konnten.

Im Jeep waren mehrere Kartons mit diesen Packungen und wir tauchten natürlich runter, um das Zeug an Land zu schaffen. Unvermeidlich war, dass man ab und zu einen Schluck Wasser erwischte. Leider war das Mainwasser verseucht, und so holte ich mir eine Ruhr-Infektion.

Die Potsdamer Konferenz

Bei der Potsdamer Konferenz vom 17. Juli bis 2. August 1945 berieten die Regierungschefs der vier Siegermächte über das Schicksal Deutschlands: Deutschland sollte demokratisiert, entnazifiziert, aufgeteilt und entmilitarisiert werden. Die Oder-Neiße-Linie sollte Deutsch-Polnische Grenze werden, was einen Flächenverlust für Deutschland von 24 % bedeutete. Die „Überführung", d.h. Vertreibung der über zwölf Millionen jenseits dieser Linie lebenden Deutschen wurde quasi legalisiert.

Rettung durch den Bruder

Bei mir tauchte plötzlich mein ältester Bruder mit seiner damaligen Freundin auf. Er hatte auf abenteuerliche Weise von den Amerikanern Reisepapiere und ein altes Auto losgeeist (einen alten Lieferwagen DKW-Reichs- und Meisterklasse, halb Holz, halb Metall mit Zweitaktmotor). Er durfte an Armeetankstellen tanken und Verpflegung übernehmen (samt Zigaretten und Kaffee) und war damit wahrhaft „fein raus". Er nahm mich mit, zunächst nach Bad Ems, wo er noch einen Arzt fand, der mir Opiumtropfen verschrieb. Sogar einen Apotheker, der uns eine Flasche von dem Zeug gab, fand er noch. Wir fuhren zu einem Gasthof auf einer Straßenkreuzung im Westerwald, wo die Freundin ihr Mobiliar eingestellt hatte. Der Wirt war der Meinung, sie sei im Krieg umgekommen, und hatte das meiste davon verkauft oder eingetauscht bei den Bauern gegen Lebensmittel. Mein Bruder quartierte sich mit seiner Freundin hier ein. Mich verlegte er in eine alte Scheune ins Stroh, der Gestank durch die „Ruhr" war unerträglich. Aber nach einigen Wochen half langsam das Opium, ich behielt wieder Nahrung und kam langsam zu Kräften.

Zurück an die Schweizer Grenze

In Frankfurt übergab mich mein Bruder an meinen Vater, der mich wieder zurück brachte nach Inzlingen an der Schweizer Grenze. Hier traf ich meinen Freund Peter mit seiner Familie wieder und wir lernten, mit den neuen Verhältnissen fertig zu werden. Die Franzosen hatten in ihrer Besatzungszone den Verkehr zwischen den einzelnen Orten unterbunden. Man musste einen Passierschein haben, um die Kontrollpunkte zu passieren.

Millionen suchen eine neue Heimat

Auf Grund der neuen Grenzziehung im Osten mussten schließlich rund zwölf Millionen Flüchtlinge in den Besatzungszonen aufgenommen werden. Zwei Millionen starben auf der Flucht. Es bereitete erhebliche Schwierigkeiten, diese Menschen in den zum Teil erheblich zerstörten Städten und Gebieten zusätzlich unterzubringen.

Die von den Russen vertriebenen Polen wiederum siedelten sich in den Gebieten an, die die Deutschen verlassen mussten.

Großer Andrang bei der Ausgabe der CARE-Pakete

CARE hilft helfen

Zur Linderung der Nachkriegsnot in Europa und insbesondere in Deutschland unterzeichnet General Lucius D. Clay am 6. Juni 1946 einen Vertrag mit der amerikanischen Hilfsorganisation Cooperative for American Remittances to Europe (CARE), um Hilfe durch Lebensmittelspenden zu leisten. Bereits am 14. August erhält eine Berliner Familie das erste CARE-Paket. Allein in Deutschland treffen Millionen dieser CARE-Pakete ein. Sie sichern vielen Menschen das Überleben und werden zum Symbol für private Hilfsbereitschaft. Noch bis 1960 erreichen Pakete aus den USA und Kanada Westdeutschland.

Hunger tut weh

Die Lebensmittelzuteilungen in der Französischen Zone waren äußerst klein gehalten, da musste man sich schon was einfallen lassen: Gekocht haben die Franzosen im Gasthaus „Adler", und der Kontrollposten zwischen den beiden Orten musste mitversorgt werden. Mit meinem Freund Peter zusammen dienten wir uns beim Koch an, diese Versorgung per Leiterwägelchen zu übernehmen. Wir bekamen also jeweils für die acht Mann Kontrollpunktbesatzung Wein, Suppe und Essen in Warmhaltebehältern und Weißbrot aufgeladen. Im Wald machten wir die erste Rast und stärkten uns mit vorsorglich eingesteckten Löffeln aus den Essensbehältern. Später zweigten wir sogar mit Hilfe von Kochtöpfen, die wir im Gebüsch versteckt hatten, Essen für unsere jeweiligen Familien ab. Leider haben wir es mit dem Hunger von Heranwachsenden schließlich so übertrieben, dass der Koch stutzig wurde. Telefonisch und persönlich beschwerte sich der zuständige Offizier der Kontrollstation beim Koch, die Rationen seien zu klein. Obwohl der Koch die Rationen immer kräftiger erhöhte, hielten die Beschwerden an. Dann stellte der Koch uns eine Falle: Das Essen wurde genau eingeteilt und bei der Ankunft im Kontrollpunkt überprüft. Nachdem ein erhebliches Quantum fehlte, war klar, wer die Übeltäter waren. Statt wie üblich bei unserer Rückkehr in die Küche je eine große Portion Essen zu bekommen (wovon wir immer den größten Teil mit heim nahmen, schließlich waren wir ja schon satt), gab es eine fürchterliche Tracht Prügel für jeden. Man sollte nicht glauben, was so ein dicker Koch für Muskeln hat. Ein paar Tage hatten wir erhebliche „Sitzbeschwerden".

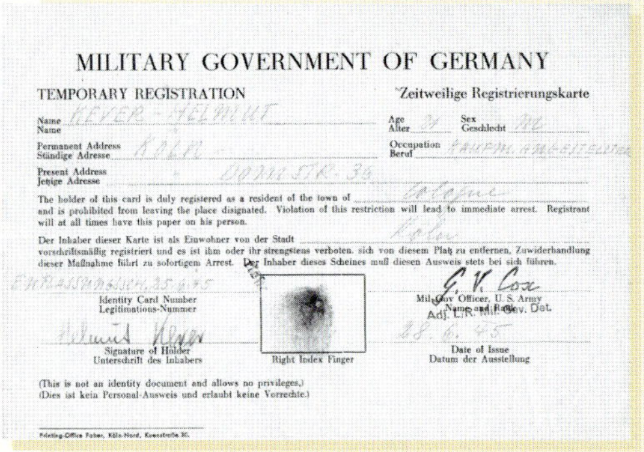
MILITARY GOVERNMENT OF GERMANY

TEMPORARY REGISTRATION — Zeitweilige Registrierungskarte

Name / Name — Age / Alter — Sex / Geschlecht

Permanent Address / Ständige Adresse — Occupation / Beruf

Present Address / Jetzige Adresse

The holder of this card is duly registered as a resident of the town of ______ and is prohibited from leaving the place disignated. Violation of this restriction will lead to immediate arrest. Registrant will at all times have this paper on his person.

Der Inhaber dieser Karte ist als Einwohner von der Stadt ______ vorschriftsmäßig registriert und es ist ihm oder ihr strengstens verboten, sich von diesem Platz zu entfernen. Zuwiderhandlung dieser Maßnahme führt zu sofortigem Arrest. Der Inhaber dieses Scheines muß diesen Ausweis stets bei sich führen.

Identity Card Number / Legitimations-Nummer — Right Index Finger — Mil. Gov. Officer, U. S. Army / Name and Rank — Adj. L/R. Mil. Gov. Det.

Signature of Holder / Unterschrift des Inhabers — Date of Issue / Datum der Ausstellung

(This is not an identity document and allows no privileges.)
(Dies ist kein Personal-Ausweis und erlaubt keine Vorrechte.)

Printing-Office Faber, Köln-Nord, Kunststraße 30.

So sah der erste Ausweis aus

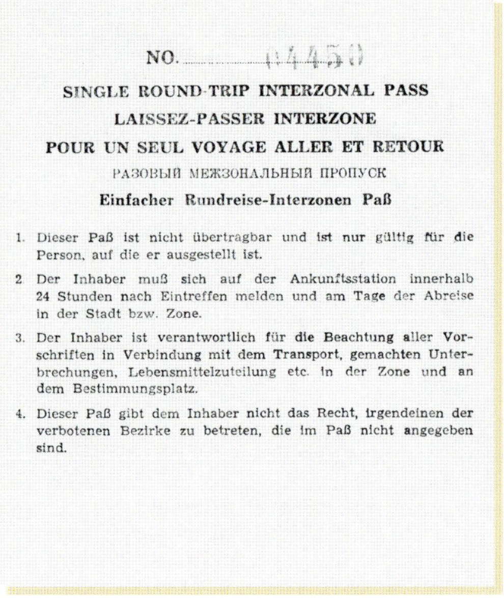
NO. 04450

SINGLE ROUND-TRIP INTERZONAL PASS
LAISSEZ-PASSER INTERZONE
POUR UN SEUL VOYAGE ALLER ET RETOUR
РАЗОВЫЙ МЕЖЗОНАЛЬНЫЙ ПРОПУСК
Einfacher Rundreise-Interzonen Paß

1. Dieser Paß ist nicht übertragbar und ist nur gültig für die Person, auf die er ausgestellt ist.
2. Der Inhaber muß sich auf der Ankunftsstation innerhalb 24 Stunden nach Eintreffen melden und am Tage der Abreise in der Stadt bzw. Zone.
3. Der Inhaber ist verantwortlich für die Beachtung aller Vorschriften in Verbindung mit dem Transport, gemachten Unterbrechungen, Lebensmittelzuteilung etc. in der Zone und an dem Bestimmungsplatz.
4. Dieser Paß gibt dem Inhaber nicht das Recht, irgendeinen der verbotenen Bezirke zu betreten, die im Paß nicht angegeben sind.

Das war der „Interzonenpass"

Von der Wiege bis zur Bahre: Formulare, Formulare

Das erste amerikanische Formular war ein provisorischer Ausweis. Weil ich einigermaßen Englisch konnte, durfte ich diese Papiere für die Bürger schreiben. Die Amerikaner hatten alle Schreibmaschinen abliefern lassen, so konnte ich unsere schöne Continental Reiseschreibmaschine aus dem Haufen Schreibmaschinen holen und loslegen. Dummerweise schreiben die Amerikaner nicht das Geburtsdatum auf, sondern wollen das Alter wissen. Bei den Männern war das kein Problem, aber die Frauen hatten erhebliche Schwierigkeiten, bis sie endlich mit ihrem Alter herausrückten. Um fertig zu schreiben, habe ich dann die Maschine mitgenommen und leider vergessen, sie wieder abzuliefern.

Um reisen zu können, brauchte man außerdem einen Interzonen-Pass. Der Entnazifizierungs-Fragebogen diente zur Klärung, wie weit die einzelnen Personen politisch strafbar geworden waren. Und für den Erhalt der neuen Währung, der D-Mark, benötigte man eine Bescheinigung, auf der alle bestehenden Reichsmarkkonten aufgeführt waren. Viele weitere Formulare wurden danach noch eingeführt.

Kriegsverbrecherprozess in Nürnberg

Am 20. November 1945 begann in Nürnberg vor einem internationalen Tribunal der erste Prozess gegen 22 führende Größen des Dritten Reiches. Er sollte ein Mahnmal werden, für alle Zeiten Angriffskriege zu ächten oder zu verhindern. Leider erwies sich das als Trugschluss.

Nicht alle Hauptkriegsverbrecher des Dritten Reiches konnten vor Gericht gestellt werden: Hitler und Goebbels begingen Selbstmord, Bormann war untergetaucht. Der Prozess enthüllte das ganze Ausmaß der nationalsozialistischen Schreckensherrschaft. Nach fast einem Jahr Verhandlungsdauer wurden zwölf der 24 Hauptkriegsverbrecher zum Tode verurteilt und hingerichtet. Sieben Angeklagte erhielten langjährige oder lebenslange Haftstrafen. In drei Fällen lautete das Urteil auf Freispruch, weil die Schuld nicht nachgewiesen werden konnte!

Silbermünzen sind noch viel wert

Die Schweiz leidet seit jeher unter Arbeitermangel. So wurde sehr schnell gestattet, dass Deutsche „Grenzgänger" wieder in der Schweiz arbeiten durften. Und da gab es doch in Basel einen Lebensmittelgroßhandel, der tatsächlich alte deutsche Silbermünzen in Zahlung nahm. Dafür bekam man Rohkaffee, Tabak und andere hochwertige Dinge. Silbermünzen waren noch in vielen Familien vorhanden, und so hatte man eine solide Basis für Tauschgeschäfte.

Lehrzeit in Trümmern

Es war an der Zeit, einen Beruf zu erlernen, und so nahm mich mein Vater mit nach Frankfurt, um eine Lehre als Großhandelskaufmann in seinem Geschäft zu beginnen.

Trümmer, wo man hinsah

Das Geschäft war ein Zimmer von 16 Quadratmeter, das wie durch ein Wunder heil geblieben war. Der Raum war Wohnung, Schlafraum, Büro und Lager zugleich. Drum herum lag der größte Teil des Bahnhofsviertels in Trümmern. Es gab aber schon wieder eine Industrie- und Handelskammer und eine Berufsschule. Die erste vernünftige Schule seit langer Zeit.

Griessuppe mit Rosinen

Die Lebensbedingungen in der amerikanischen Zone waren weitaus besser als in der französischen Zone, vor allem für Jugendliche. Wir bekamen bessere Lebensmittel-Zuteilungen als die Erwachsenen und als Schüler oder Berufsschüler zusätzlich von den Amerikanern eine Schulspeisung. Für viele von uns zum Beispiel in einem ehemaligen Luftschutzbunker gegenüber der Ruine vom Schauspielhaus in der Gallusanlage. Griessuppe mit Rosinen, Eintopf, Geflügel auf verschiedene Arten und ab und zu eine dünne Tafel Hersheys Schokolade oder runde Drops, die Lifesafers (Rettungsringe) hießen, und genauso aussahen.

Trümmer überall

Von vielen einstmals so schönen Städten war nicht mehr viel verschont geblieben. Langsam begann der Wiederaufbau, und die Trümmer wurden mit einer Trümmerbahn nach und

Und so sah die zerstörte Nachbarschaft aus

Wir waren neugierig auf fremde Sprachen

nach weggeschafft. Günstig war, dass man aus den Trümmern Balken bergen konnte als Heizmaterial.

Für uns Jugendliche in Frankfurt gab es wegen der herrlichen Swing-Musik vornehmlich nur den US-Sender AFN (American Forces Network) Frankfurt, der nicht nur die US-Soldaten unterhielt. Viele Eltern regten sich darüber auf, dass wir sogar beim Schulaufgaben machen diesen Sender im Radio anhatten. Aber die meist guten Noten zeigten unseren Lerneifer.

So sah der „Römer“ nach dem Krieg aus

Wissbegierde

Durch die Misere mit der Schule in den letzten Kriegsmonaten hatten wir eine ungeheure Wissbegier. Vor allem zeigte sich, welchen Vorteil die Kenntnis von Fremdsprachen bringen kann. In der Sowjetzone wurde Russisch gepaukt und wir bemühten uns Englisch oder Französisch zu erlernen. Wir benutzten alles, was wir ergattern konnten. Zum Beispiel: „Französisch ohne Mühe“ von „Assimil“ oder Französisch für Deutsche nach der Reform-Sprachmethode „Mertner“. Sehr originell war ein kleiner Band: „The little Londoner“ von 1914, mit der gleichen Methode, die wir in Österreich kennen gelernt hatten (nur englischer Text und zum besseren Verständnis bei schwierigen Wörtern als Fußnoten Synonyme).

Es gibt so viel Neues

Was hatte eine Großstadt wie Frankfurt damals für uns nicht alles zu bieten. Tolle Bücher und Zeitschriften im „Amerika-Haus“ in der Gallus-Anlage oder auch im Clubhaus der Y.M.C.A. (Christlicher Verein junger Männer).

Wir hatten wieder Freude am Leben …
und am Tanzen

Der Weg von der ersten Liebschaft
zum Standesamt war steinig

Aber auch die eigene Kultur regte sich mehr und mehr wieder. Im Saal der Industrie- und Handelskammer wurde „Zar und Zimmermann" mit großem Erfolg aufgeführt. Auf der Terrasse vor dem zerstörten Hauptgebäude vom „Zoo" konnten wir die erste tolle Big Band von Willy Berking hören, und natürlich dazu tanzen. Die ersten Kontakte mit dem „schöneren Geschlecht" ergaben sich so ganz zwanglos. Im zerstörten Zoo-Gelände war aber auch ein Zirkuszelt, in dem Veranstaltungen verschiedener Art (zum Beispiel Boxkampf und Freistilringen) dargeboten wurden.

Die erste Liebe, aber ohne Aufklärung

Zaghafte Versuche, mit Mädchen in Kontakt zu kommen, waren allmählich doch schon mal erfolgreich. Peter lernte seine Ursula kennen, die er später sogar geheiratet hat. Ich hatte mich in die bildhübsche Tochter eines Lokomotivführers verliebt. Meine Liebe wurde auch erwidert, aber dem Papa war ich einfach noch zu jung für seine Tochter. Damals gehorchten die Töchter noch ihren Vätern, und so zerbrach die Beziehung.

Inzwischen wurde es möglich, bessere Wohnungen zu bekommen, und so zog ich mit meinem Vater in ein teilweise zerstörtes Gebäude im Bahnhofsviertel. Die Wohnung mussten wir selber fertig ausbauen, aber endlich hatten wir mehr Platz. In der Nachbarwohnung wohnte ein junges Mädchen bei seiner Tante, und bald bot sich Gelegenheit, sich näher kennen zu lernen.

Wir gingen zusammen aus und es wurde recht harmlos ein bisschen geküsst. Aber mehr war schon deswegen nicht drin, weil wir alle beide so gut wie überhaupt nicht aufgeklärt waren. Sex war als Thema absolut tabu, wenigstens bei unseren Eltern. Viele von uns haben erst mit 18 oder 19 Jahren die ersten wirklichen Erlebnisse mit der Erotik gehabt, und so dauerte es bei den meisten doch noch lange, bis ernsthafte Beziehungen entstanden.

Mit Tauschhandel und Hamstern schlugen wir uns durch

Wie halten wir uns „über Wasser“?

Unsere Reichsmark war praktisch wertlos. Wertmaßstab waren Zigaretten, Kaffee, Tee, Wertgegenstände und brauchbare Waren aller Art. Es war außerordentlich schwierig, unter diesen Bedingungen Handel zu treiben und Geschäfte zu machen, aber irgendwie ging es eben doch. Elektromotorenteile, wie Kohlebürsten, waren gut als Tauschobjekt. Zum Beispiel Faraddynamokohlen gegen Fahrradteile und ganze Fahrräder. Mit diesen Fahrradersatzteilen konnte man bei den Bauern lebensnotwendige Lebensmittel eintauschen. Kaffee gegen alte Silbermünzen war auch nicht schlecht. Jeder versuchte sich auf seine Art zu helfen. Wer Schaltgeräteteile aus Kupfer brauchte, musste im Gegenzug Altkupfer zum Tausch anliefern. Mein Vater lieferte auch Elektromotorenteile an die US-Armee. Dadurch kamen hin und wieder Amerikaner solche Teile bei uns holen.

„Des Teufels General“

Am 12. Dezember 1946 wurde am Zürcher Schauspielhaus das Drama „Des Teufels General“ von Carl Zuckmayer unter der Regie von Heinz Hilpert uraufgeführt.

Das Stück über die jüngste Vergangenheit erzählt die Geschichte des eigensinnigen Luftwaffengenerals Harras, gespielt von Gustav Knuth. Harras steht dem Nazi-Regime nicht sehr positiv gegenüber. Als er seinen Freund, Oberstingenieur Oderbuch, der die Produktion deutscher Sturzkampfflugzeuge sabotiert, verraten soll, wählt er den Freitod, indem er sich in eines der manipulierten Flugzeuge setzt.

Karl Valentin – der bayerische Chaplin – ist tot

Am 9. Februar 1948 starb mit 63 Jahren in München Karl Valentin. Er war als Volkskomiker weit über Bayerns Grenzen hinaus bekannt. Kurt Tucholsky schätzte ihn als „Linksdenker“, Bertold Brecht verglich ihn mit Charlie Chaplin.

Die erste Spiegel-Ausgabe

Der „Spiegel“ erscheint

Am 4. Januar 1947 erscheint die erste Ausgabe des „Spiegel“, ein Nachrichtenmagazin im Stil amerikanischer Vorbilder. Dem erst 23 Jahre alten Rudolf Augstein gelang damit ein großer publizistischer Erfolg.

Ein Bett für Tabak, Kaffee und Schokolade

Als mein Vater einmal verreist war, gab es einen unerwarteten Besuch: Es klingelt an der Türe, und als ich aufmache, steht ein amerikanischer G.I. da, schiebt mich beiseite und geht durch unseren zehn Meter langen Flur zielgerecht ins Schlafzimmer. Stellt seine Tasche ab, lässt sich ins nächststehende Bett fallen und ist auf der Stelle eingeschlafen. Am Geruch ist leicht zu merken, wovon der Kerl so müde ist. Als mein Vater ein paar Stunden später von seiner Reise zurückkommt, melde ich ihm: „Wir haben Besuch.“ Auf seine Frage: „Wer ist es denn?“ kann ich nur sagen: „Ich weiß es nicht.“. Mein Vater rennt wütend ins Schlafzimmer, guckt sich die Bescherung an. Wenn wir jetzt die Militärpolizei rufen, bekommt der arme Kerl erhebliche Schwierigkeiten, meint er, lassen wir ihn mal ausschlafen. Gegen Abend wird unser Freund wach und hat erhebliche Probleme zu begreifen, wo er ist und warum. Mit einer starken Tasse Kaffee und einem ordentlichen Butterbrot kommt er aber wieder zu Verstand. Dankbar, dass wir nicht die Militärpolizei gerufen haben, fragt er, was wir rauchen. Mein Vater erklärt: „Zigarren und Pfeife“ und ich: „Zigaretten“. Unser Amerikaner dampft ab, geht in den PX (US-Versorgungsladen) gegenüber dem Hauptbahnhof in einem ehemaligen Theater und kommt nach einer halben Stunde wieder, beladen mit zwei Riesen-Papiertüten. Den Inhalt schüttet er uns auf den Tisch: Zigarren, Pfeifentabak, Zigaretten, Kaffee in Blechdosen, Schokolade und Eipulver. Wir haben uns herzlich bedankt, und damit ist ja auch die Schlafpause reichlich bezahlt.

Der Marshallplan

Am 5. Juni 1947 wurde vom Außenminister George C. Marshall der nach ihm benannte Plan zum Wiederaufbau Europas verkündet, das so genannte ERP („European Recovery Program“). Mit Millionen-Krediten wurde der Wiederaufbau der europäischen Länder beschleunigt, auch Deutschland erhielt erhebliche Summen.

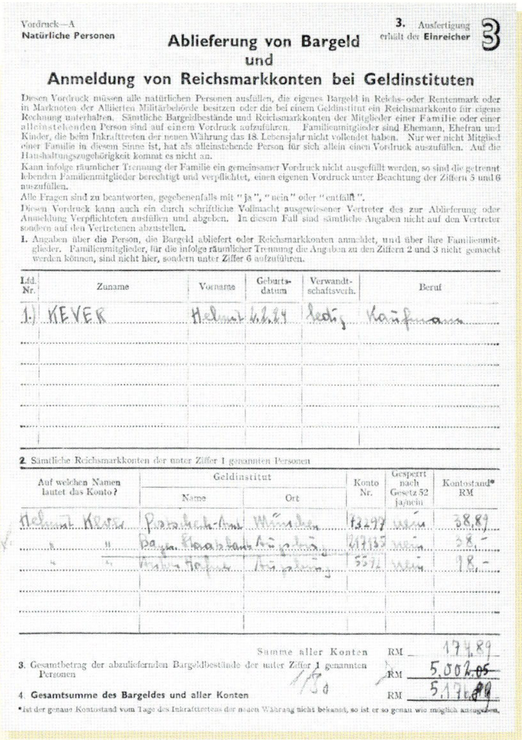

Vordruck—A
Natürliche Personen

3. Ausfertigung erhält der Einreicher 3

Ablieferung von Bargeld und Anmeldung von Reichsmarkkonten bei Geldinstituten

Diesen Vordruck müssen alle natürlichen Personen ausfüllen, die eigenes Bargeld in Reichs- oder Rentenmark oder in Marknoten der Alliierten Militärbehörde besitzen oder die bei einem Geldinstitut ein Reichsmarkkonto für eigene Rechnung unterhalten. Sämtliche Bargeldbestände und Reichsmarkkonten der Mitglieder einer Familie oder einer alleinstehenden Person sind auf einem Vordruck aufzuführen. Familienmitglieder sind Ehemann, Ehefrau und Kinder, die beim Inkrafttreten der neuen Währung das 18. Lebensjahr nicht vollendet haben. Nur wer nicht Mitglied einer Familie in diesem Sinne ist, hat als alleinstehende Person für sich allein einen Vordruck auszufüllen. Auf die Haushaltungszugehörigkeit kommt es nicht an.

Kann infolge räumlicher Trennung der Familie ein gemeinsamer Vordruck nicht ausgefüllt werden, so sind die getrennt lebenden Familienmitglieder berechtigt und verpflichtet, einen eigenen Vordruck unter Beachtung der Ziffern 5 und 6 auszufüllen.

Alle Fragen sind zu beantworten, gegebenenfalls mit "ja", "nein" oder "entfällt".

Diesen Vordruck kann auch ein durch schriftliche Vollmacht ausgewiesener Vertreter des zur Ablieferung oder Anmeldung Verpflichteten ausfüllen und abgeben. In diesem Fall sind sämtliche Angaben nicht auf den Vertreter sondern auf den Vertretenen abzustellen.

1. Angaben über die Person, die Bargeld abliefert oder Reichsmarkkonten anmeldet, und über ihre Familienmitglieder. Familienmitglieder, für die infolge räumlicher Trennung die Angaben zu den Ziffern 2 und 3 nicht gemacht werden können, sind nicht hier, sondern unter Ziffer 6 aufzuführen.

Lfd. Nr.	Zuname	Vorname	Geburtsdatum	Verwandtschaftsverh.	Beruf
1.)	KEVER	Helmut	4.2.24	ledig	Kaufmann

2. Sämtliche Reichsmarkkonten der unter Ziffer 1 genannten Personen

Auf welchen Namen lautet das Konto?	Geldinstitut		Konto Nr.	Gesperrt nach Gesetz 52 ja/nein	Kontostand* RM
	Name	Ort			
Helmut Kever	Postscheck-Amt	München	13297	nein	38,89
" "	Bayr. [illegible]	[illegible]	[illegible]	nein	38,–
" "	[illegible]	[illegible]	5592	nein	98,–

Summe aller Konten RM 174,89

3. Gesamtbetrag der abzuliefernden Bargeldbestände der unter Ziffer 1 genannten Personen RM 5.002,05

4. **Gesamtsumme des Bargeldes und aller Konten** RM 5.176,[illegible]

*Ist der genaue Kontostand vom Tage des Inkrafttretens der neuen Währung nicht bekannt, so ist er so genau wie möglich anzugeben.

Formular für die Erlangung des neuen Geldes, der „Deutschen Mark"

Die neue Währung

Am 20. Juni 1948 war es so weit. An vorgeschriebenen Umtauschstellen konnte man 40 Reichsmark gegen 40 D-Mark eintauschen. Das Bargeld wurde 100:5 umgerechnet, Sparguthaben und Schulden 10:1. Siebenunddreißig Milliarden Reichsmark Kaufkraftüberhang werden dem deutschen Geldmarkt entzogen. Wie durch ein Wunder waren plötzlich die Läden voll mit Waren aller Art. Die Geschäftsleute hatten die Währungsreform kommen sehen.

Die Russen mussten in der sowjetischen Besatzungszone notgedrungen auch neues Geld einführen und taten dies dort und in Ost-Berlin am 23. Juni 1948.

„Draußen vor der Tür"

Im Februar 1947 erschütterte ein Hörspiel die Bevölkerung und löste heftige Kontroversen aus. Das Heimkehrerdrama „Draußen vor der Tür", das der 25-jährige Wolfgang Borchert im Herbst 1946 in nur wenigen Tagen verfasste, spielt im Nachkriegs-Hamburg: Ein Mann namens Beckmann kommt mit nur einer Kniescheibe aus der Kriegsgefangenschaft aus Sibirien nach Hause und wird von niemand richtig aufgenommen.

Einen Tag nach Borcherts Tod, am 21. November 1947, wurde „Draußen vor der Tür" als Bühnenstück uraufgeführt. Es wurde zum meistgespielten deutschen Nachkriegsdrama. Später wurde es sogar unter dem Titel „Liebe 47" mit Hilde Krahl verfilmt.

Die Russen blockieren Berlin

Als Folge der Währungsreform blockierten die Russen sämtliche Zufahrtsmöglichkeiten nach Berlin, sodass nur noch die drei Luftkorridore der Alliierten übrig blieben. General Lucius D. Clay befahl zur Versorgung der drei Westsektoren Berlins eine Luftbrücke. Ab 25. Juni 1948 ging es los, später auch zusätzlich mit britischen Flugzeugen. Auf dem Höhepunkt der Aktion landeten die so genannten Rosinenbomber im Minutentakt in Berlin. Schließlich gaben die Russen nach einem knappen Jahr die nutzlose Blockade wieder auf.

Es gibt so viel Neues

Wir alle waren mehr oder weniger an der Politik interessiert. Langsam wurde uns klar, dass es eben in einer Demokratie viele Meinungen

Die Zukunft lieg vor uns

Kaufmannsgehilfenbrief

Hans Joachim K e v e r
(Vor- und Zuname)

geboren am 29.Apr.1931 in Köln a.Rhein

war vom 1.Apr.1945 bis 31.März 1948

bei Karl Josef K e v e r ,

Motorenersatzteile

in Frankfurt/Main

in kaufmännischer Lehrausbildung.

Er/~~Sie~~ hat gemäß den von der Industrie- und Handelskammer anerkannten Prüfungsanforderungen die Kaufmannsgehilfenprüfung vor der Industrie- und Handelskammer bestanden und auf Grund des Ergebnisses der Prüfung diesen Kaufmannsgehilfenbrief erhalten.

Frankfurt/Main, den 31.März 1948.

Industrie- und Handelskammer
Frankfurt am Main
Die Geschäftsführung

und viele Parteien geben muss. Die Programme der einzelnen Parteien waren für uns teilweise nur mit Hilfe der Erwachsenen zu verstehen. Aber allmählich sollte sich doch wieder ein Staatsgebilde entwickeln. Am 15. September 1948 begannen die Beratungen zum Grundgesetz. Der Parlamentarische Rat tagte in Bonn, die CDU in Königswinter und die SPD in Honnef. Es dauerte aber noch eine gute Weile, bis sich die Bundesrepublik entfalten konnte.

Die Zeitungen meldeten uns viele nicht gerade beruhigende Neuigkeiten: Am 9. September 1948 war klar, dass Korea endgültig geteilt ist. Am 6. November 1948 wurde gemeldet, dass Maos Truppen in China vorrücken. Am 9. Dezember 1948 forderte die UNO aus gutem Grund die Menschenrechte ein.

Inzwischen hatten viele von uns, ihre Lehre mit der Gesellenprüfung oder einem Abschluss als Großhandels- oder Einzelhandelskaufmann beendet. In allen Handwerksbereichen wurden dringend junge Leute gesucht und auch die Universitäten füllten sich wieder mit Studenten.

Der Aufbau ging mit zunehmendem Tempo daran, Städte und Verkehrsverbindungen wieder instand zu setzen und wir blickten voller Zuversicht in die Zukunft. Man konnte wieder normal reisen, und langsam belebte sich weit und breit die Geschäftstätigkeit. Ein Millionenheer an Flüchtlingen wurde schließlich auch integriert und langsam aber stetig ging es aufwärts.

Wir waren froh, diese bewegten Zeiten einigermaßen heil überstanden zu haben.